南山牧歌

吉夫乌萨 著

中国华侨出版社
·北京·

图书在版编目（CIP）数据

南山牧歌 / 吉夫乌萨著. -- 北京 : 中国华侨出版社, 2025.3. -- ISBN 978-7-5113-9582-5

Ⅰ . I227

中国国家版本馆CIP数据核字第2025JC1828号

南山牧歌　　NANSHAN MUGE

著　　者：	吉夫乌萨
责任编辑：	刘继秀
装帧设计：	大奥文化
封面题字：	施增鸿
经　　销：	新华书店
开　　本：	710毫米×1000毫米　　1/16开　　印张：13.25　　字数：205千字
印　　刷：	河北浩润印刷有限公司
版　　次：	2025年3月第1版
印　　次：	2025年3月第1次印刷
书　　号：	ISBN 978-7-5113-9582-5
定　　价：	78.00元

中国华侨出版社　　北京市朝阳区西坝河东里77号楼底商5号　　邮编：100028
发 行 部：（010）64443051　　传　真：（010）64439708

如发现印装质量问题，影响阅读，请与印刷厂联系调换。

抒写牧歌南山的诗意乡土
——吉夫乌萨诗集《南山牧歌》

普驰达岭

我清晰记得2024年5月初的一个下午，那是我首次与吉夫乌萨结缘的日子。那天上午应倮伍伟哲的邀约，我在结束了西昌学院彝族文化研究中心2024年年度有关四川省哲学社会科学重点研究基地的项目评审会后，驱车赶往彝海结盟故地的灵山寺脚下，与同行的罗义、倮伍伟哲一起在灵山寺对面的冕宁豆花饭庄用完午餐，便一同抵达了位于冕宁县城边吉夫乌萨家开的"萨萨家园"彝餐馆，这里也是吉夫乌萨一家的居所。一到"萨萨家园"，满脸笑容的吉夫乌萨及其夫人就热情地把我们一行人迎接到院落一角的茶台，开启了边品茶边聊与文学相关的诗和远方的休闲模式。从中午到下午，都是在吉夫乌萨及其家人的盛情款待下快乐度过的，席间主客都在微醉中歌声不断、朗诵随行，那是我第一次在冕宁结识吉夫乌萨及其家人难忘的美好印记。待我第二天返回北京后，我们常通过微信聊起有关文学与他田园牧歌的生活节拍，吉夫乌萨那闲适而富有诗意的田园牧歌生活。在互致问候中，他始终遵从内心与个性，那种菊种李种春风的日子令我神往。

2024年夏末，吉夫乌萨从冕宁寄来他计划公开出版的诗集《南山牧歌》文本，让我为之写序。为此，我在与吉夫乌萨结缘中，也结识了他的文字和娓娓道来的一首首诗歌。而时间过得真快，一转眼就到了龙年枫红秋黄的金秋时节。

金秋轮回，望着北方的天空，雁群如秋天的落叶，从高空飘过。无数翻飞的岁月沉淀在记忆的长河中，一首首不老的歌谣始终不离不弃地温润着南高原，那些高挺的天菩萨、忧伤的母语、巍峨的群山、涤荡的河流、舞动的羊群，以及金黄的荞麦……所有生生不息的生命流脉，在大小凉山这片土地上，声响铿锵，迎风生长。

当我在南高原这片广袤的土地上侧畔而过，雪光下孤独的马匹，布谷声中凿崖而过的羊肠小道，从"勒俄"中舞蹈而来的火把，以及玛都和灵竹中铺排而来的父子联名族谱，都在大凉山冕宁这个以红歌"情深谊长"和红军长征过凉山、"彝海结盟"传佳话而著称的家园里无边无际地蔓延开来，一切可以延承的古老文化因子，都在善于叙说的毕摩口中被注入鲜活的血液，厚实的克哲、悠长的尔比，以及婉幽缠绵的歌谣都在走村串户中被彝人袅袅不绝的炊烟盘活。自然而然，善于歌赋的母语文化在一代代彝人鹰灵后子的血脉中以汉字偏旁进入，以不同审美视角传承并诠释了母族文化元素多彩的生命亮光。

吉夫乌萨作为大凉山的儿子，以及来自"彝海结盟"故地新一代彝人，用精到的汉字偏旁书写着故土活态的生命流脉，生发出铿锵有力的文字声响，为我们亮出彝人根系文化在故园乡土中呈现与表达的文化盛宴和诗意栖居的家园。

可以说对于生于大凉山、长于大凉山、生活在大凉山的吉夫乌萨来说，大凉山就是他文学的故乡、诗歌的故乡。他是有福之人，文学意义上的故乡，为他提供了独特的审美体验和精神滋养。就如他所说："诗，一直在我的心灵深处栖息。读书的时候，偶尔写一写，自我欣赏。携笔从戎后，发表过几篇，由于工作繁忙，没有坚持。近几年才开始真正写诗，我想把生活中的所见所思所感，用图片和诗歌结合的方式，记录在微信里。"

后来吉夫乌萨在自己的家乡流转了100多亩土地，想创造些经济效益，让养育自己的母亲安享晚年，把自己的儿女培养成才。结果是"有心栽花花不开，无心插柳柳成荫"，钱没有挣到，他却深深地爱上了诗歌。于是崇敬自然、热爱自然的吉夫乌萨，除了公务时间，常驱车或骑马来到这块土地上，轻松地挥动牧鞭，放牧成群的牛羊，愉快地拿起农具，种收成片的庄稼。他说："这块土地变成了我诗歌的温床，一首首诗歌的种子在这里发芽、开花、结果。这里的日月星辰、风雨雷电、山川河谷、花鸟虫草，一切的一切，以诗歌的方式拥我入怀，让我情不自禁地歌咏和抒写。"这是多么接地气的生活体验与生命感悟，种瓜得瓜、种豆得豆的桃园情愫在他的身上体现得淋漓尽致。

大凉山作为吉夫乌萨文学的故乡，成为他深情眷恋的圣地。他说："我感谢上苍的眷顾，能够心想事成，在故乡山坡上拥有一块土地。在这块土地上升起的袅袅炊烟，我可以自由地呼吸、自在地生活，为故乡写诗，为故乡歌唱，为自己抒怀，这是人生的幸福和荣光。"这般牧歌南山的诗意乡土情愫深深根植于他诗意栖居的内心，让他的内心变得充盈而富有。

像吉夫乌萨这样的彝族诗人写作依旧盘踞在故土的文化根基上，有力生发或创造属于自己的生存关系，开辟自己生命的道路。他始终避开那些热闹的场合和摇旗呐喊的语言标签，让诗歌创作成为对自己的挑战，而不是对自己的娱乐。

"我的炊烟/吻过我生长的土地/吻过那束花那丛草那片森林/那条小河那些山路/还有我无法捉摸的童年背影//我的炊烟/是父亲的希望母亲的爱/升起在故乡的山坡上/带着我的疲惫我的执着/翻过山梁飘向远方"（《我的炊烟》）

吉夫乌萨始终将自己的才情融进浓厚的文化氛围，感受触摸本土文化艺术气息和城市脉搏，持续深入地用智慧的笔端走进纯净乡土的每一个角落，把见证的大凉山远古的部族文化自然而然地展示并铺排给世人，以珍惜的情怀真诚地表达大凉山这片故土上的彝人开放包容与热情好客之道，将"南山牧歌"的乡野风格进行到底，分享都市人崇尚的低碳、优质城市生活带来的喜悦和激情，他们也在不断地对自我关系进行更新，这已成为彝族边地诗歌的生命之路、生活之路，也是他们践行诗歌的道路。

"你这天空一样的辽阔/为何打不开我的视线/开着车在你周围转了又转/却又找不出赞美你的言语/单一的色彩 酸酸的细浪/翻开的是一页又一页/沉入湖底的风景和故事//真想变成一条鱼 一条/只会游翔不会流泪的鱼/借着冬日的暖阳击穿蔚蓝/去湖底慢慢地寻找/宽阔的河坝上孤独的梨树/石拱的大桥边拥挤的集市/去看看那个背着书包的少年/装着一个又一个易碎的梦/走在那条长长的砂石路上"（《大桥水库》）

就在美丽古朴而"情深谊长"的阿嘎拉玛山下，就在红军长征路过大凉山书写传奇的"彝海结盟"之地，像吉夫乌萨这样用汉语书写家园根系文化的新一代彝族人身上，不离不弃中始终驾驭着文化发展与文化传承并进的方舟，故土与边地文化自然成为他们抒发白昼的智慧头颅，点燃黑夜的可靠肩膀。他们相信生命来自前方，而非身后。他们始终骑行于古老且幽深的乡土文化的根基上，幸福中行吟天地，快乐中把酒而歌。他们自然地栖居、行吟与歌唱，平实、点滴的生活音韵在快乐的人生子午线上被打磨成充满个性的审美叙事与品质。而这种至今连绵不绝的厚实行吟与歌唱，被一代代彝族人后学、盘活和延承。

"看着她花开 目送她花落/春风起拂的时候/看她让彩云几分自愧的

娇艳/冬天到来的时候/看她用绿叶托起雪花的坚强//当我闲了/坐在她的身旁读书写诗/当我老了/靠着她的绿荫回忆思念/当我死了/带上她的芬芳从容离开"(《种下几棵索玛》节选)

在广袤而神奇的冕宁这方乡土之上,富有魅力的乡土为吉夫乌萨勾勒了厚实的写作模板,使乡土文化的诗歌因子与南山牧歌广阔的背景完美契合,很多乡土情愫的文化象征意义元素,自然而然地成为他描摹的对象空间,成为诗人寄予诗意的意象主题,它们构成诗人行走大小凉山的诗歌地理,一起构建出家园意象的诗歌谱系。它们将个体的生命体验与乡村的隐喻符号杂糅混合,民俗细节被审美观照,串联交织出一部大凉山彝族人的诗歌口述史和民族志。这些彝族诗人那充满个性的审美叙事与品质,同样在吉夫乌萨乡土情怀的书写中得到呈现、凸显与表达。

"故乡的山坡上/有我一个小小的钢架房/面朝青山　背对河谷//白天　鸟儿飞来飞去/四季的鸟语各不相同/夜晚　星辰照耀泉水/叮咚叮咚催人入眠//散在河谷边上的村落/像月光下的一张张照片/它们模模糊糊地看着我/我不想也不用做些解释/房子下面还有一池山泉/春来发绿　秋后清澈/孤独是水　那我就是鱼/只要有水鱼就不会死亡"(《我的小房子》)

诗歌是需要阅历和经验的,但诗人的敏锐与胆识还在于懂得诗歌写作绝不是经验、道德和真诚能够完成的,而应该以冷静、客观、深入、持久与倔强的个性发声。

"春雨滴答/在三月的夜晚/在东风的后面//春雨滴答/是该来的时候/是想等的地方//春雨滴答/她笑开了花蕾/她弄湿了诗笺"(《春雨滴答》)

对于诗人和其书写的语言来说,我一直以为只有身边之物才是更可靠的真性呢喃,也是诗人内心最为真实的纹理,诗人即使于自身的存在也要学会倾听不同甚至分裂的声响。诗人的责任就是对那些与自身的存在体验直接相关的场域事物进行命名与揭示。这一点在吉夫乌萨的书写文本中可得以实证。

"初冬的阳光依旧那么温暖/风中的黄叶依然从容飘落/故乡的水磨房啊/不管岁月如何地流失和变迁/你永远驻扎在我的记忆深处/依然唱着歌谣打着浪花/朝着一个方向/不停地不停地转动"(《故乡的水磨房》节选)

他以自然而然的语言,流洗牧歌乡土的回味与忧思,激越着对彝乡故土爱的忠贞与感伤。虽然语言朴实无奇,但正是这些平实的感怀丰满了故土生生不息的文化传承与流脉,并始终以一种空透骨髓的点睛之力,不断启迪着诗人从昨天走向今天,并走向未来。

"你曾用微驼的背/背着我的行囊/把我送到山垭口/指着远方说:儿子,努力吧/到那里寻找这里没有的幸福/我的背后响起声声牧笛//我在陌生的土地上/走了很长很长的路,走着走着/故乡远了,你也远了/思念的笛声也听不到了/我的脚步有些慌乱/我的心神难以宁静//我背着一囊的希望和失落回来了/回到你身边看着你才是幸福/听你偶尔吹起笛子才是幸福/可是你又走了,还有你的牧笛/随着那年春天的那场大雪/消失得无影也无踪//哦!妈妈/我要去找一只牧笛/一只一直缠绕着我梦乡的牧笛/跟着记忆深处的调子/去你放牧过的地方放群羊/面对高山流水/还有你时常浮现的身影/让山风和羔羊伴奏/吹响我手中的牧笛"(《牧笛》)

他平实的文字背后,给我们呈现出一幅隔世桃源般绝美的山水人文画卷:那犁耕久远的美好记忆,那跋涉山川的生活感念,那探索人生真谛的悟彻,那透悉命运的思考,宛如一群心灵放飞的白鸽,一次次翱翔在高过阳光的灵魂之上,以一种超越时空的力度,透穿历史的涧底,放亮自然的原野,存寄社会的写真,濡润着吉夫乌萨栖居乡土,感同桃源的南山牧歌的诗意水墨。

"高高的阿嘎拉玛山下/有个骑马放羊的人/人们都叫他吉夫阿普/蓝蓝的安宁湖畔/有个骑马放羊的人/人们都叫他吉夫阿普//他的羊群像天上的云朵/胖胖又白白/他的心情像湖中的鱼儿/轻松又愉快/有人偷偷地取笑他/真是一个大傻瓜/有人暗暗地羡慕他/真会享受好时光"(《放羊的吉夫阿普》)

其实人类语言的最大差异,就是对世界感受性的差异。因为人类的原始词汇,是大自然中对万物的速写与感知符号,它始终自然而然地生发着人类智慧的灵光。诗作为文学艺术的表现形式之一,以空灵与深邃的语词铺排,以情绪与情感的灵动鲜活,以思想与意志的强烈冲撞,造就建构之美、意境之美、音韵之美。

"我该用怎样的步伐/走进你的心灵/感受你的寂静/触摸你的忧郁//我该用怎样的言语/叩开你的梦扉/倾听你的苍凉/领悟你的渴望//我的村庄啊/我的脚步一直沉重/却不倦地走在你身旁/我的语言虽然苍白/但总想呼唤你的诗篇"(《我的村庄》)

缘此,吉夫乌萨的诗自然而然地成为人类心灵与灵魂的呓语,网结成情感在柯枝上落落大方地等待着花期和绽放的花蕾。当诗人情感的柯枝真正植入承载乡土谱系主干的文学创作审美根基中,从远古的生命流脉中培植的诗歌之树就光彩摇曳、花蕾烂漫，最终让故园乡土生发的诗意动情于天地、濡润于历史、烙印于社会、动感于时代、泽被于人类，也使人类从自然闪烁的灵光中获得默默的精神抚慰、昭示与启迪。

我始终相信，对生活忠贞，对故土热情，热衷于桃源和南山牧歌的吉夫乌萨的诗写，将会继续影随他诗意的栖居，将会有更为广阔的文字书写空间。

作者简介：

普驰达岭，彝族，1970年生于云南禄劝罗婺部地，现居北京。文学博士，彝学专家，中国社会科学院民族学与人类学研究所研究员，中国社会科学院大学文学院教授，国际著名语言学术期刊《民族语文》杂志编审，中国社会科学院硕士研究生导师。社会学术兼职为：中国少数民族作家学会理事、中国民族语言学会常务理事、中国民族古文字研究会理事、中国西南民族研究学会理事，中国少数民族文学评论家、诗评人，第十二届中华人民共和国全国少数民族文学创作奖骏马奖诗歌组评委。著有诗集《临水的翅膀》《石头的翅膀》《神灵的翅膀》，散文诗集《途经之水》，诗歌作品集《普驰达岭作品选》，诗歌评论集《神语向天歌》，彝族历史文化长诗《捎给灵魂的碎片》等。被评为"2019年度'中国诗歌春晚'中国十佳少数民族诗人"。2023年获首届"阿迈尼诗歌奖"金奖，多次获得国家级文学大赛一等奖。

目 录

第一辑　牧鞭响幽谷

牧鞭和雪／3

牧人情缘／4

放羊的吉夫阿普／5

牧　笛／6

小羊羔／8

冶勒牧场／9

黄昏的雨丝／10

三月的脚步／11

我已厌倦了城市的夜／12

羔羊的声音／13

普兹拉达／14

初秋的山野／16

家园的味道／17

秋天的烟火／18

山中有人／19

暴风雨过后／20

谁能借我一双翅膀／21

阿依诗微／22

一只鸟在月光里飞／23

一把小小的火把／24

无邪的雪／25

像马儿一样昂首奔驰／26

出壳的小鸡／27

我愿一个人 / 28

有一条小河 / 29

锦鸡的声音 / 30

我要去巡山 / 32

白色的阉鸡 / 33

北方的天空 / 34

晚　安 / 35

蜜　蜂 / 37

一只羊的命运 / 38

策马扬鞭追夕阳 / 39

我跨进秋天的门 / 40

小红马 / 42

山野牧歌 / 43

蜂　蝶 / 44

一只鹰 / 45

星期天的庆祝 / 46

劈　柴 / 48

第二辑　铁锄漫山坡

种下几棵索玛 / 51

让我在阳光下冬眠 / 52

斑鸠和农夫 / 53

果　实 / 54

不要打伞 / 55

无处可躲 / 56

我在大地的一角 / 57

人工暴雨 / 58

我的土地 / 59

在雨中 / 60

喜鹊的谎言 / 61

勤劳的手终将会甜蜜 / 62

种一种自己的想法 / 63

等待一场雨 / 64

四月的雨 / 65

樱　桃 / 66

捧起一把泥土 / 67

土地和种子 / 68

洋芋花开了 / 69

布谷鸟 / 70

一个夏日的午后 / 71

芒　种 / 72

荞花盛开 / 73

自语的小溪 / 74

潮湿的季节 / 75

荞子收割时 / 76

久违的太阳 / 77

野鸽子 / 78

七夕的风 / 79

向日葵 / 80

交过公粮的人 / 81

寄颗板栗到北京 / 82

苹　果 / 83

海　椒 / 84

面山凝望 / 85

小菜园 / 86

第三辑　炊烟升起处

我的炊烟 / 89

南方吹来的风 / 90

沿着开满杜鹃的小路去巡山 / 91

我的小房子 / 92

春雨滴答 / 93

我是阿嘎拉玛山的孩子 / 94

初　雪 / 95

拥抱冬夜 / 96

山风掠过那道梁 / 97

死在渔网里的耗子 / 98

改汉瓦依 / 99

问　雪 / 101

望嫦娥 / 102

第一场雪 / 103

长卿山 / 104

动车，请你再快些 / 105

幻　想 / 106

梅饮寒露 / 107

红雪与火把的传说 / 108

前进吧！少年 / 109

小小的枫树 / 110

金色的金丝梅花 / 111

可恨的傻老表 / 112

没有月亮的夜晚 / 113

春天的尾巴 / 114

火塘告诉我 / 115

重阳节的思念 / 116

妈妈，不再回来了 / 117

山花告辞枝头时 / 118

云雾亲吻过的花 / 119

陋室的春天 / 120

留住跟随时光脚步的心 / 121

雨打新竹 / 122

讨厌悲伤的花朵 / 123

不忍抖落的露珠 / 125

听　雨 / 126

新　雪 / 127

相约在深秋 / 128

今夜没有黑暗 / 129

初冬的阳光 / 130

寂　寞 / 131

寒露来临 / 132

第四辑　故园自多情

大桥水库 / 135

最初开放的花 / 136

送你一树樱花 / 137

故乡的水磨房 / 138

等　雪 / 140

祝　福 / 141

那条山路 / 142

月亮与酒杯 / 143

深山女郎 / 144

暖冬行动 / 145

驻村工作队 / 146

阿嘎拉玛山 / 147

我的村庄 / 148

如　果 / 149

晚秋的雷雨 / 150

村庄的路 / 151

火把燃起时 / 152

老屋老了 / 153

我的故乡 / 154

故乡的小河 / 155

很想告诉你 / 156

绿色的风 / 157

瓦勒拉达的夜晚 / 158

让歌声唱响回家的路 / 159

死亡的森林 / 160

冕宁，我的家园 / 161

雨雾中的乡村 / 162

从现在开始 / 163

端午节登越王楼 / 164

雨中看河 / 165

燃情的火把节 / 166

火的盛节就要到来 / 167

火把节敬神灵 / 168

独行者 / 169

安宁湖畔的阳光 / 170

我的第一个老师 / 171

夜芦苇 / 173

致沙玛中华 / 174

风吹过的秋天 / 176

阳光下的笑容 / 177

山　风 / 178

彝族年的准备 / 179

杀年猪 / 180

敬祖灵 / 181

醉串门 / 182

送祖灵 / 184

秋日的山雨 / 185

我有一支笔 / 186

渴望一场大雪 / 188

浓郁的乡情、生动的画意、丰富的诗情
　　——读吉夫乌萨的诗 / 189

后　记 / 195

第一辑

牧鞭响幽谷

牧鞭和雪

清脆的牧鞭响在山谷
牧归的小路
铺满金黄的松针

有些笨重的母羊
难以掩饰日渐丰满的乳房
牧人的眼里初雪看似着急
刚刚染白了山顶
又要匆匆飘向
炊烟缭绕的村庄
和那广阔的田野

牧鞭忍不住敞开了嗓门
为雪花歌唱
雪花也有意放慢脚步
为牧鞭舞蹈

2022.12.18

牧人情缘

带着牧人的梦想
我背上书包
走出蜿蜒的山路
渴望长大后拥有满山的牛羊
消除母亲脸上常露的愁容

带上牧人的情结
我携笔从戎
誓用手中的钢枪
守护高山原野的安宁
让牛羊静静地布满牧场

带着牧人的期盼
我走上畜牧工作岗位
在激情与政策的交融里
真诚地奉献　愉快地奔忙
看见牧人们阳光一样的眼神

带着牧人的归心
我经常回到洒遍诗意的故土
放牧一群白色的羊
就像放牧一片片白色的云朵
在故山的怀抱静静地流动

2021.11.7

放羊的吉夫阿普

高高的阿嘎拉玛山下
有个骑马放羊的人
人们都叫他吉夫阿普
蓝蓝的安宁湖畔
有个骑马放羊的人
人们都叫他吉夫阿普

他的羊群像天上的云朵
胖胖又白白
他的心情像湖中的鱼儿
轻松又愉快
有人偷偷地取笑他
真是一个大傻瓜
有人暗暗地羡慕他
真会享受好时光

2023.5.18

牧　笛

你曾用微驼的背
背着我的行囊
把我送到山垭口
指着远方说：儿子，努力吧
到那里寻找这里没有的幸福
我的背后响起声声牧笛

我在陌生的土地上
走了很长很长的路，走着走着
故乡远了，你也远了
思念的笛声也听不到了
我的脚步有些慌乱
我的心神难以宁静

我背着一囊的希望和失落回来了
回到你身边看着你才是幸福
听你偶尔吹起笛子才是幸福
可是你又走了，还有你的牧笛
随着那年春天的那场大雪
消失得无影也无踪

哦！妈妈
我要去找一只牧笛
一只一直缠绕着我梦乡的牧笛
跟着记忆深处的调子

去你放牧过的地方放群羊
面对高山流水
还有你时常浮现的身影
让山风和羔羊伴奏
吹响我手中的牧笛

2023.12.20

小羊羔

睡觉吧！小羊羔
躺在萌动的大地上
盖着春日的阳光
睡眠，是最好的成长

醒来吧！小羊羔
吃吃枯草边新出的嫩芽
磨磨牙齿尝尝鲜
要把自己的筋骨早些练强

快长吧！小羊羔
夏天很快就会到来
你们就得去河的对岸
高耸的大山里生存

那里有丰美的水草
也有陡峭的山路
不测的暴风雨
甚至，野兽也会出没

2024. 2. 27

冶勒牧场

我的脚步啊
为何如此匆匆
还未踏够冶勒牧场
无边的软软的草原
泥泞的弯弯的小路
又要告别
我不知道
自己的脚步在走向何处

我的心儿呀
为何难以宁静
还未听清冶勒牧场
从森林里吹来的风
还有碧蓝的湖畔
牛羊吃草鸣叫的声音
又要离开
我也不知道
这颗心何时才能安宁

2023.7.9

黄昏的雨丝

一场柔丝般的雨
飘落在黄昏的山坡上
在雨中，羊群谦让地吃着草
鸡群悠闲地啄着虫
它们各自取着各自的所需
简单的景象却描绘了一幅
春天里的和谐共存图

这场黄昏的雨丝
飘落在我薄雾轻笼的心野
我已记不清楚在这块土地上
放牧过多少心事
种植过多少希望
也许，我要寻找的就是这
雨丝中的和谐和宁静

2024.3.20

三月的脚步

沉默已久的鸟儿
在三月的清晨拉开了嗓子
森林的舞台渐渐沸腾
惊醒了我沉睡中的脚步

三月的脚步,走过山径
映山红在前面引路
杜鹃花蕾在旁边冲动
甜了蜜蜂　美了蝴蝶

三月的脚步,路过田野
匆忙的人们翻弄着土地
黑色的农家肥　白色的地膜
覆盖起金色的种子

三月的脚步,来到牧场
和风把羊群抚摸得软软的
一只睡醒的羔子直奔母乳
用力嘬得母羊难以稳住

2024.3.2

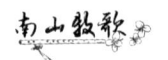

我已厌倦了城市的夜

我已厌倦了城市的夜
那些染着色彩的灯光
充胀着我的眼球
彻夜难眠，我搞不清
为什么要去端那杯酒
一只黑色的猫亮起嗓门
把我的言语撕了满地

我要告别城市的灯火
带上我受伤的眼睛
去山谷里的溪水旁治疗
去阅读那里真实的颜色
我要倒掉那杯混浊的酒
拾起我的碎言片语
到放有羊羔的牧场
去梳理昨天的故事

2023.12.18

羔羊的声音

羔羊的声音
柔穿了沉默的山谷
唤醒了午后的松风
闭上眼睛听　静静地听听

它在告诉我
你脚下的这块土地
是父亲儿时放过牧的地方
是母亲曾经耕过犁的地方
是悲伤的姐姐带着眼泪
与这个世界永别时
那青烟轻轻经过的地方

火塘边的火焰飞舞着
多像孩子们彩色的梦
我仿佛听见神灵的声音
做你想做的事
走你想走的路

2021.1.2

普兹拉达

秋雨一场又一场
一根草瞬间变成苍黄
像号角,跟着一片又一片的黄
白露浸湿的羊蹄
留下的足迹微微颤抖
挡不住的寒意
把牧人裹得很紧

对面的山,顶着日月星辰
孕育了普兹拉达
一个名不见经传的地方
却有着丰美的牧场
开枝散叶的树透着阳光
谦让着草场自由地延伸
牛羊自信地昂着首
野性却又温顺
最后一束阳光从这里退去
第一道星光又洒向这里

跨过乱石泛滥的中江河
我赶着羊群,毫无怀疑地
来到普兹拉达
回望一眼阴山那边的太阳
孤傲　遥远　没有温度
一只苍鹰飞过头顶

它的翅膀划破山风

闭着眼睛听一听
一个牧羊的姑娘
也吆喝着一大群羊
从瓦板房屋的村庄走来
她的马蹄声很清脆
她的猎犬也在轻吠

2023.9.16

初秋的山野

百鸟不再烦躁
松林里传来一两声鸣叫
平缓而悠扬
山泉落入池塘的节奏
让深藏的锦鲤浮游水面
借一缕阳光释放色彩
一颗核桃掉落在松针上
青色的皮鲜艳的果
自然的分离

云雾轻绕的山峦
怀抱着田园　村庄和河流
色调刚好　不嫩不黄
百草丰茂的牧场
羊群温顺地吃着躺着
它们像一朵朵小棉球
爱好诗歌的牧人
伫立在初秋的山野
守望着充满诗意的羊群

2023.8.16

家园的味道

芙蓉花开满了墙外
金桂花香溢在院中
山茶花呀　是什么
把你浇灌得如此鲜红
还有那百日菊的花蕊
闪亮在黄昏的墙角
秋日的家园
令人深切的眷恋

阿嘎拉玛山下的牛羊
肥壮成一年之最
跑山的黑猪野性地
穿梭在林木深处
吃着秋虫和草籽的鸡
艳丽的身影在野地里
时而飞翔时而奔跑
彝人的餐桌
飘逸着自然的味道

2023.9.1

秋天的烟火

秋天的风吹着秋天的雨
在秋天的山野无尽地飘
淋乱了牧人的头发
湿透了回归的羊群

松树的叶点燃松树的枝
在松树的旁边生起烟火
炊烟飘入云雾深处
火焰舞在秋日傍晚

孤独的人酌满孤独的酒
在孤独的山坡守着烟火
烟雾里映射出来路
火光中明亮着归途

2023.8.29

山中有人

手持轻杖，我要顺着河床
去山的深处水的源头
寻找那一汪清泉
以古老的方式痛饮

山花在风中摇曳
散发着最初的光亮
野果羞红着脸庞
想躲开我的手指
一群露珠被惊扰
掉落在青色的石头上
又匆匆消失在阳光里

几只透红的鸟儿
飞落在不远的枝头上
急促地鸣叫
好像在发出通知
有人有人有人

2023.6.25

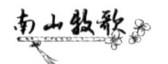

暴风雨过后

暴风雨过后
云与山如胶似漆
像对久别重逢的恋人
老松树在微风中舒展起筋骨
小草几乎疯狂地
为大地换了盛装

熬过了严冬早春的羊群
安静得像懂事的孩子
省心的牧人靠着巨石
进入红色钞票的梦

他的旁边
一片金丝梅花正在盛开
黄金色的花丛下
涌出了一股清澈的泉水

2023.6.21

谁能借我一双翅膀

谁能借我一双翅膀
让我飞回儿时的家园
瓦板屋的油灯下
听着奶奶讲的故事
在母亲怀里进入梦乡
崎岖的路上牵紧姐姐的手

谁能借我一双翅膀
让我飞回儿时的田野
小溪旁的稻花正香
伙伴们光着屁股摸鱼
花丛中捉蝶　麦浪边牧马
飞奔的脚步要躲开暴风雨

谁能借我一双翅膀
让我飞回儿时的课堂
简单暗淡的教室里
听着老师悠然地唱教
大声地唱读　歪扭地写字
等待着放学去割一背篓猪草

2023.6.1

阿依诗微

鲜艳的索玛已开满了山坡
美丽的阿依诗微
你在何方啊在何方
一杯又一杯的荞酒
怎么也解不开我的忧愁

洁白的月光又铺洒在小路
温柔的阿依诗微
你在何处啊在何处
一曲又一曲的马布
怎么也吹不走我的孤独

阿依诗微啊阿依诗微
我要骑着马儿去找你
不管山再高路再长
我要看到你迷人的酒窝

阿依诗微啊阿依诗微
我要千方百计找到你
哪怕风再狂雨再大
我要拥抱你无边的温柔

2023.5.17

一只鸟在月光里飞

一缕青烟升起
最后一抹夕阳
就辞别了山顶
夜幕开始缓缓地
带着月光牵着孤独
拥向山野洒向牧场

松林畅饮着月光
月光毫不吝啬
刚解冻的山泉
开始追逐遥远的江河梦
一只鸟被惊醒
无法安静地在月光里飞翔

2023.2.2

一把小小的火把

一把小小的火把
自由地在山坡上燃烧
火焰不停舞蹈在那座山下
温暖着山谷里冰凉的山溪

它的光亮虽弱
却能照亮成群的牛羊
嘶鸣的骏马
成片的庄稼
还有青嫩的牧草地

那个点燃火把的人
很瘦很黑
简单得像森林里
一棵不起眼的松树
却做着山峰一样
离天最近的梦

2022. 7. 23

无邪的雪

羔羊在母体跳动
黑马吃着三叶草
午后的雄鸡刚仰天长鸣
雪开始一片片一阵阵地下
天地连成了一片
山川融成了一体

纯洁的雪啊
尘封的道路在静静地沐浴
幽暗的森林在轻轻地梳妆

无邪的雪啊
请以你的博大和仁爱
融化无休的病毒
安慰人间的伤痛

2022. 12. 31

像马儿一样昂首奔驰

淡淡的忧伤
停不住岁月的脚步
错过的机遇
已随江河东流而去
别让隐隐的痛
遇见这一道道新风景

从这块热土出发
放开你的脚步
扬起你的黑发
风儿弹响速度之乐
汗水证实执着之力

向着山背后的辽阔
像马儿一样昂首奔驰

2021.1.17

出壳的小鸡

小鸡，出了壳就别怕
走出妈妈孵化你们的小窝
来看这世界第一束阳光
还有黄黄的花朵青青的绿草
它们的中间有很多很多
看得见的或是看不见的
肥美而又可口的小虫

小鸡，出了窝就跑起来
你们的妈妈会教给你们
怎么吃第一口粮
怎么喝第一滴水
如何用爪子刨开泥土
如何用眼睛四处寻觅
青山脚下丰足的虫粮

2024.5.18

我愿一个人

我愿一个人
躺在厚厚的落叶上
枕着那丛山花
听着鸟儿歌唱
枕边放一壶泉水
或是一壶苦荞酒
我不想知道自己
是睡着了还是醒着

我愿一个人
拿一根响亮的牧鞭
在这青山脚下
在这碧湖旁边
放牧一群牛和羊
或者是一匹马驹
我不想在意自己
是孤独还是欢闹着

我愿一个人
守候一块纯净的土地
哪怕春天荒芜
秋天没有果实
我不想去问什么
也不想去答什么
这里自有春花秋月
夏日的凉风和冬日的雪

2024.4.2

有一条小河

有一条小河
从云杉的脚下
从竹林的怀抱
流淌而来
流过三月的花丛
淌向四月的烟雨

有一条小河
像大山的乳汁
像幽谷的歌者
没有犹豫
滑过我的嘴唇边
进入我的心灵处

有一条小河
牛羊在等着她
村庄在等着她
从不埋怨
去不了大江大河
短短的旅途也美

2024.4.6

锦鸡的声音

谁都知道,你很美
你有最美的搭配羽毛
红的白的黄的紫的
长的短的硬的软的
你都应有尽有

但是传说,你的美是借的
从布谷鸟那里借的
一借你就从未还过
所以布谷鸟每年都来要
它多苦口婆心

怪不得你总是躲着
在森林里在灌木丛
清明过后,你为了求偶
无论在清晨还是在黄昏
你的嗓子很沙哑也最噪
却一直重复一个声音
——嚓——嚓——嚓

我也曾穿过最美的服装
绿色的肩上有黄色的章
黄色的章上有银色的星
我敢跨马走在太阳下
也敢坦荡对着月光饮

如今，我独处森林灌木旁
既不是布谷鸟也不是猎人
只是想多看看你
那头上的冠尾上的毛
做我晚风中的酒中景

2024.4.10

我要去巡山

我要去巡山
去巡阿嘎拉玛尖峰下的山
那里有美丽的夏季牧场
去听牛羊清脆的叫声
去看悠闲自得的马群

我要去巡山
去巡安宁河源头的山
那里有奇迹般的景象
枯木长出茂盛的生命
树枝长成进入仙境的洞门

我多想变成一尊门神
守护这通往仙界的洞口
看着仙人从这里进出
庇护这方的万物苍生
别让妖魔进入圣洁的世界

2024.4.20

白色的阉鸡

你应是另一个世界之物
不小心误入这个世界
一个慈悲的藏家女儿
把你从鸡市带到我身边

蓝天上的那朵白云
见你在那个山脚下的农场
羞涩着躲到山背后去了
那片片雪花一见你
随风飘离　怕落在你身上

你的矫健　你的飘逸
让鸡群黯然失色
不论白的红的黑的花的
还是公的母的大的小的
你的高贵　你的优雅
让我痴痴地相信
这个世界之外还会有世界

2024.5.15

北方的天空

我站在南方的土地上
扛着一把锄头
拿着一根牧鞭
还握着一支黑色的笔
想用锄头埋葬我忧伤的记忆
想用牧鞭陪伴我寻觅的时光
想用黑笔描绘我难卸的幽梦

也许,南方的山外还是山
河谷过后还是河谷
让我时常遥望北方的天空
那辽阔的天空中
翱翔着一只从南方飞去的雄鹰
坚硬的翅膀　敏锐的目光
还有一腔不改本色的襟怀

2024.5.13

晚　安

晚安！我的雄鸡
带上你成群的妻儿
回到我给你们搭的竹架上
明早还得打鸣把我叫醒

晚安！我的蜜蜂
你们也别太操心
当索玛花从山脚凋谢到山顶
身边的金丝梅又开起花来了

晚安！我的锦鲤
今夜没有明亮的月光
池塘里的水已越来越充溢
明日的朝霞升起时你再游来游去

晚安！我的土地
我知晓你正和种子如胶似漆
为了孕育出一片丰收的庄稼
夜以继日　无休无止

晚安！我的马驹
你为何如此胆小
总是在我面前躲躲闪闪
难道不想让我骑上和风赛跑

晚安！小蛐蛐和萤火虫
我知道你们已经睡醒
初夏的夜晚就交给你们了
你们尽情地歌唱尽情地舞蹈

2024.5.14

蜜　蜂

小小的身影
从不畏惧狂风暴雨
薄薄的羽翅
能飞越山川河流

与风同行
延续着无数生灵的生命
与光相伴
采集着世间最美的芬芳

我若能成为一只蜜蜂
随意飞翔在撒满诗歌的故乡
酝酿出一首又一首诗篇
治愈我布满裂纹的那颗心

2024.5.16

一只羊的命运

一只羊的生命
就这样结束了
在一座山的脚下
在一条河的旁边

一只黑熊
穿过午后的丛林
扑向了这只羊
它来不及叫一声
被剖了肚断了头

心痛的牧羊人
摇头叹息　羊群里
数这只羊最大最好

2024.7.7

策马扬鞭追夕阳

回首岁月留下的脚印
是如此的轻浅而错乱
背影里的行囊装满碎梦
碎片上依稀闪着泪光

守候和耕耘着一块土地
土地里开满金黄色的花朵
那花丛中
有火化母亲时留下的黑木炭
也有我常常走过的足印
金丝梅的花是黄色的
翻白草的花也是黄色的
它们结不出宁静的果实
它们让我日渐消瘦

但是我那可爱的红马驹
在黄花丛中安静地吃草
它的乳毛已脱落
它在茁壮地成长
我要跨上它的背
放下那些懂不了的人和事
策马扬鞭追逐夕阳
去拾起心灵的花朵

2024.7.30

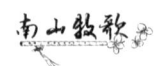

我跨进秋天的门

有许多愿望
想落实在今年的夏天
去高山的牧场放羊
去清澈的河流游泳
去火把之乡狂欢
去草原深处策马
跑到松林里
躲躲火辣的太阳
躺在草坪上
仰望浩瀚的星空
还有深情地看着土地上
丰满的粮食和彩色的蔬菜

可是啊
无边的云雾　猛烈的暴雨
疯狂的河流　呻吟的大地
把夏天的愿望一一淹没
就像那些消逝的村庄
让我一次次地
在孤独中迷惘
在迷惘中彷徨

一些阳光洒下了山野
一些白云飘在了天空
一些山风拂过我的发梢

它们在告诉我
今年的秋天到来了
我跨进秋天的门
但我不再去想象
今年的秋天会是怎样的秋色

2024.8.5

小红马

小红马呀小红马
降生在高高的阿嘎拉玛山下
丛林是你的摇篮
山岗是你的操场

小红马呀小红马
是谁轻轻地送你来到我身旁
驱赶着我的忧伤
陪伴着我的梦想

小红马呀小红马
我已为你准备好马鞍
你要快快地成长
宽阔的原野已在期盼
你烈火般飞驰的模样

2024. 8. 16

山野牧歌

依山而居
引泉而饮
侧听四季风
吹过松树林

手持牧鞭
踏歌而行
羊群连白云
天山无距离

饮马碧湖
山间飞驰
自由心间火
融俗能化世

举杯对月
畅饮孤寂
心中有诗意
何难放相思

2024.8.15

蜂　蝶

最后一道残阳落了山
秋蝉收声　鸟儿停鸣
它们累了　它们困了

我播撒的格桑花却在盛开
它的娇艳让我心动
它的芬芳正在散放
几只不知名的飞虫
落在花间忙碌
长长的吸粉管吻过
一朵又一朵的花蕊
飞翔的翅膀一刻不停

我本不想知道它的名字
可又情不自禁地搜索
似蜂非蜂　似蝶非蝶
有蜜蜂一样的敏捷
有蝴蝶一样的洒脱
它把我的黄昏拉得很长
我应该记住它的名字——
蜂蝶

2024. 8. 19

一只鹰

一只鹰
穿过黄昏的秋风
落在山梁的松枝上
那棵松树高大而稀疏

我看不见它的眼睛
也看不见山的那边
但看得见它孤傲的胸膛
正对着宽阔的村庄和原野

我知道
它不是来陪伴我的
也不是来欣赏风景
它在一刻不停地寻觅猎物
它还在藐视
一双呆呆地望着它的眼睛

2024.10.13

星期天的庆祝

昨天是星期天
既无风雨也无晴
了却两桩心事
驯马　掰苞谷

马驹来自阿嘎拉玛山
毛发通红　机敏矫健
四个小伙用了半天
它被驯服的样子
直奔我心灵的原野
它的名字叫拉玛蒂尼
（阿嘎拉玛山下的红鹰）

苞谷被过多的羊粪烧黄
被错过的天气蹂躏
结出一大片糟糕
十几亩的产量
不如别人的两三亩
但是还得请人收拾
我的拉玛蒂尼
需要苞谷的能量

还是宰头小猪庆祝
还得打些散酒庆祝
愿明年的庄稼会丰收
祝拉玛蒂尼成为坐骑

2024.11.11

劈　柴

在阳光和斧头面前
衣服显得有些多余
即便是在冬季
发烫的汗珠
不经意间滚落在
青嫩的黑麦草上

独栖山野的人
冬天需要劈一大堆柴
用柴火裁剪寒冷的长度
用柴火炖羊肉　烧荞馍
烤土豆　打酥油茶
夜晚还得煮上几杯酒

2024.12.10

第二辑

铁锄漫山坡

种下几棵索玛

趁着春日的时光
播种的季节
从山梁上移几棵索玛，种在
我面朝青山的小屋前

这样，我可以在她身边的日子
看着她花开　目送她花落
春风起拂的时候
看她让彩云几分自愧的娇艳
冬天到来的时候
看她用绿叶托起雪花的坚强

当我闲了
坐在她的身旁读书写诗
当我老了
靠着她的绿荫回忆思念
当我死了
带上她的芬芳从容离开

2024.3.14

让我在阳光下冬眠

大地已在霜雪的怀抱枯黄
核桃树站立在松树下
只有肌骨却健壮有力
花椒也是，只有板栗
不肯抖落满身的残叶

所有的鸟虫不再鸣叫
它们正在休养喉嗓
抽空给香杉树修修枝
把营养多留给树干
去鸡窝里捡几枚蛋
那可是明日的早餐

午后的阳光像母亲的双手
温暖着孤独的孩子
去年种下的那丛翠竹
已经繁殖　枝叶旺盛
为了迎接正在赶来的春光
就让我在太阳下冬眠

2024.1.9

斑鸠和农夫

伴随着最后牧归的脚步
夜幕开始降临河的两岸

河这边的森林里
一只斑鸠在声声鸣叫
声音里透着阵阵悲凉
也许为了饱餐一顿
它的伴侣和爱情
被撕进了猎人的口中

河对岸的玉米地里
一个农夫点着火把
在玉米地的周围绕着吼着
夜已很深
他的声音里透着
几分愤怒几分无奈

被保护着的成群的野兽
不会在乎日出而作的农夫
日落也无法安息

2023.7.18

果　实

无法遮掩的荒坡上
我种下了一棵棵树苗
用汗水抚育
用梦想浇灌
从春盼到秋
从夏等到冬
月复了一月
年复了一年

这个夏天的傍晚
我看到了果实
核桃压弯了枝头
花椒挤着要变红
板栗一身刺甲
皂角娇体修长

它们像一面镜子
照亮了我的脸颊
又像一条小河
流淌在青山怀中的岩石上

2023. 7. 2

不要打伞

不要打伞
投入这场雨中
想抓住一把雨
问问迟来的理由

还是不要惊动
让她随心所欲地
淋湿我的头发浸透我的衣裳
装满我饥渴的心灵

2023.6.17

无处可躲

我这肉眼凡胎
怎么能看得见
天上到底出了几个太阳
夜晚出了几个月亮
只能躲在松林的吊床上
感受着一阵阵的热风
带着死亡的气息
掠过田野　扑向森林

我这酒囊饭袋
怎么能请得动
支格阿鲁拯救苍生之箭
让大地生机　让山川有力
万一阿鲁真能再世
除了热魔　黑暗又来
再想想那场洪水
真是无处可躲

2023.6.3

我在大地的一角

我在大地的一角
种了很多很多的树
因为我见过
几百上千年的树
也许我会种出一两棵
不老不死不灭

我在大地的一角
养过许多许多的动物
会飞的会走的会游的
跟它们在一起
我会写诗也会朗诵
它们的瞳孔里闪烁着
无欺无谎无私

2023.3.20

人工暴雨

天宫里的雨神
不是真醉就是装醉了
让太阳和干风在世间肆意
刚出土的百草蔫了
小树叶也卷了
老羊无奈地啃着
小羊无味地嚼着
庄稼低下了头

农夫睡前看看天
醒来赶紧看看天
点燃的烟一杆接一杆
烟雾变不成一片乌云
农妇心疼地低下头
几颗眼泪也化不成几滴雨
燥风里飘扬的防火旗帜
不是红色就是橙色
既然天无情神无义
我就在自己够得着的地方
来一场毫不吝啬的人工暴雨

2023.5.10

我的土地

本该是你已孕育出
七彩的花朵　丰硕的果实
在春光中轻歌
在秋风里漫舞
至今还未能得意地躺在
那山那水的怀抱

你依旧贫瘠得有些冰凉
哪怕是在夏日的午后
你仍然瘦弱得如此迷茫
甚至几只羊几匹马
你都有些载不动

2021.5.27

在雨中

在雨中　我想听见
雨珠落在池塘
野草疯狂地生长
悬崖之上的小溪
以瀑布的姿势倾泻而下
干枯的河床
有浪花在追逐着浪花

在雨中　我想看到
身边的森林日渐地葱茏
金丝梅的花蕾正在开放
随雨降临的云雾
把天空和大地　庄稼和牛羊
轻柔地拥抱在一起

在雨中　我也相信
养育了我的双亲
在天堂过着安宁的时光
我养育着的孩子
在远方的教室
健康地成长和进步
故乡的山野和我
早已融合成母亲和儿子

2024. 5. 17

喜鹊的谎言

不要相信
一只喜鹊的谎言
它捡些干枯的小树枝
简单地搭个窝
在靠近你的房前屋后
高大的树上

只是为了方便自己
好逮你的小鸡
作为自己的美食
好拔你刚出土的庄稼苗
吃掉那粒松软的种子
你的好运
还得自己用心去编织

2024.4.2

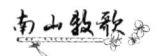

勤劳的手终将会甜蜜

一只黑蜂
好似背着一团火焰
不知从何而来
飞落在我的手背上
我的手沾满了泥土
正准备播撒一块小花园

我们彼此注视了很久
它的姿态
让我有些莫名的感动
好像在向我致敬
或者在给我鼓励
勤劳的手终将会甜蜜

2024.4.9

种一种自己的想法

春夏之交的第一缕阳光
还未翻过南山前
起个大早吧！扛起锄头
在山坡上的小屋前
种一种自己的想法

种上几株南瓜
它能开金色的喇叭花朵
它能结难抱的硕大果实
吃了南瓜，能降糖降压
还能排毒养颜强身健体
世上还有什么比健康更重要

撒下一包野花组合的花籽
主播小姐说四季都有花开
赤橙黄绿青蓝紫都能看到
我宁愿相信，相信是真实的
我愿在晨光中看到一丛繁花
我愿在黄昏后与花作别入寝

再去整理一片草地
一片小小的不会枯萎的草地
我想在柔软的自然绿毯上
盘腿而席，或是躺在上面
翻几个滚，或是数天上的星星
盛夏的夜晚，就披着月光而眠

2024.4.14

等待一场雨

我一边守望着两岸青山
一边耕耘着一小块土地
四月的骄阳
把我的皮肤抹得黝黑
干燥的土灰沾满
我的鼻孔还有我的衣裳

田野里的土豆和玉米苗
耷拉着头,表情有些灰色
我昨日播撒的种子
饥渴地在土灰里躺着
想人工浇点水
可管子里的水像婴儿的尿

我在等待一场雨
一场酣畅淋漓的雨
一场期待已久的雨
夜幕降临时风停了
雷声响了,闪电亮了
雨水却害羞了?迟迟未到

2024. 4. 15

四月的雨

你这四月的雨
让白云吻上了森林
让山谷里的小溪焕发了力量
让我种下的诗篇
在萌芽　在生长
在日夜兼程地赶路

你这四月的雨
如此秀丽　如此清澈
像是一道灵境里射出的光
照耀着我满怀的寂寞
我的血液在为你奔流
我的心房在为你燃烧

2024.4.23

樱　桃

没有花果村的
盛装　歌舞　人群
相伴
龙洞河的樱桃也熟了
圆圆的　红红的　甜甜的
我喜欢站在树旁
用嘴采食

2024.4.24

捧起一把泥土

在穿着花衣的南山脚下
在樱花盛开的土地上面
我穿着旧衣裳
捧起了一把泥土
清新的气息告诉我
去播种吧
只要播种
晚些又何妨
种下你热恋的种子
能结紫色果实的幼苗
再铺一条长不出草的石径
等待从远方而来的人

2024.4.8

土地和种子

土地被铁牛唤醒了
露出少女般的芳容
散发出一阵阵清香
她开始在风中寻找
渴望已久的恋人

当种子急切地离开
农家的手和土地约会
便相许了终身
天空中的云被感动
流了一场很久的泪

2024.4.26

洋芋花开了

洋芋花开了
在田野里　在村庄旁
质朴而纯洁地开着
在初夏的晚风中摇曳

儿时看见洋芋花
肚皮会轻轻地跳动
嘴角边会流出一丝丝暖流
那不是花，而是一粒粒
雪白的绵绵的香香的洋芋

现在看见洋芋花
像是看见久别重逢的老友
欣喜里夹着一份淡淡的陌生
又好像那个朦胧的初梦
没有离开过岁月的车辙

2024.4.30

布谷鸟

松林里的布谷鸟
你别急　你别催
我得好好做些准备
羊粪得发酵好
土地得翻耕好
种子得挑选好

高枝上的布谷鸟
你看见了吗
今天可是个好日子
人们提起了精神
土地敞开了胸怀
种子露出了微笑

布谷——布谷——
一勺马匙在期待着风调
一个木盘在盼望着雨顺
一碟蘸水在等待着繁花
一颗农心在祈望着硕果

2024.5.9

一个夏日的午后

一个夏日的午后
阳光和雨水相约在山野
雨水阵阵时阳光悄悄地隐去
阳光普照时雨水静静地躲藏
偶尔　雨水和阳光相拥而至

洗去满手的泥土
我坐在屋檐下　静静地
看阳光照亮雨水晶亮的心怀
听雨水穿过阳光深处的脚步

我仿佛听见她们的劝语
放下那些没有尽头的农活
欣赏一下这山野的舞台上
自由之光和天籁之音的表演

2024.5.25

芒 种

高举的铁锄
与雨水错过最美的相遇
播下的种子
在临近的地下呻吟
在黑暗中扭曲地挣扎

出土的苗子
把自己的位置暴露无遗
聪明的喜鹊
迫不及待地飞来拔苗
吞食那一颗颗酥香的种子
丛林中的野兽恨透了这鸟
它们的美食正一棵棵夭折

也许，土地习惯了荒芜
错乱的季节有千百个理由
生机旺盛的鸟兽
正复活着它们的领地

2024.6.5

荞花盛开

在夏季的深处
悄然地盛开
没有娇艳的容颜
没有扑鼻的芬芳

每一朵荞花
都会托起一粒果实
每一粒果实
都在吮着花的乳汁

抚摩着荞花枝
儿时的故事涌上心头
栖息在荞花旁
香甜的荞馍圆在梦里

2024.7.2

自语的小溪

我的前世是朵云
一朵雪白的云
飘过千年的旅程
选择万次的归宿

我的今生是条溪
一条云样的溪
从幽暗森林出发
把岩石淌成天空

我愿来生是片雪
一片如溪的雪
穿越太阳的光芒
落向忧伤的大地

2024.7.4

潮湿的季节

潮湿的季节
封锁想飞的翅膀
纵使强颜欢笑
也被雨雾紧紧地笼罩

一段不远不近的路
却很难走出
一句真心实意的话
却很难说出

泉吟虽如琴
鸟鸣虽如瑟
但潮湿的心扉
只挂念一杯烈酒

2024.7.25

荞子收割时

荞子收割时
太阳穿透云层
落在镰刀上
把刀口磨得闪亮
收割人的影子
跟着阳光一起忙碌

割下的荞秆
被簇拥成一个军团
静立在阳光下
等待出征的号角
收割人的汗珠
把荞粒映得颗颗饱满

荞子收割时
火把正值盛开
烧一个荞馍
煮一盆猪脚
倒一杯美酒
想一想颗粒归仓的事

2024.7.26

久违的太阳

久违的太阳啊
请你直射我的额头吧
漫长的雨季　潮湿的日子
让我的小屋变得阴冷
让我的梦乡也发了霉
我的皮肤变得越来越白
缺钙的骨头会变得松软
承受不住高洁的灵魂

久违的太阳啊
我的菜园里野草疯长
海椒不红　茄子不紫
向日葵长得又细又瘦
你再看看那边的地头
再好再多的肥料
也催不出玉米的个头儿
低矮的荞堆上稀疏的颗粒
快要泡在阴雨中发芽

久违的太阳啊
请放开你的光芒
我已像初生的婴儿
赤裸裸地躺在你的怀里
让你的光芒穿透我的肌肤
把我体内的阴湿之气驱逐

2024.7.31

野鸽子

来的时候的天气真好
让阴雨里成熟的苦荞
被阳光下的人们收拾
清清洁洁　颗颗粒粒
含着微笑归了仓

一群野鸽子飞来
落在我百米内的山梁
山上长满了松树
它们你唱我和
咕咚咕咚　咕咚咕咚

我放下酒杯
听了又听　听了又听
四亩地你收了四口袋
在这样的天气里
你真算是幸运儿

我举起酒杯
野鸽子啊野鸽子
我还留了很多在地上
你们去吃吧
不要忘了给我带来好消息

2024. 8. 2

七夕的风

七夕的风
吻过我种植的小枫林
枫叶上画满了你的微笑

很想拨通你的号码
告诉你我深藏的一个秘密
又怕打扰你彩蝶般的梦

我情愿被山坡上的孤独拥抱
去数银河两岸数不完的星星
试图找出两颗最亮的星星

2024.8.9

向日葵

初秋的夕阳
把我的影子拉得很长
让我相信自己还在成长
一朵向日葵正在开花
它在吸引着我的眼球
还有我的手机摄像头

漫长的雨季贫瘠的土地
没拦住它开花的执念
尽管被晚种
尽管很瘦弱
它依然向阳而开
开在秋日的山坡上
开在金色的夕阳下

咔嚓　留下一张照片吧
和一朵正在开花的向日葵
在初秋温暖的阳光中

2024.8.13

交过公粮的人

她曾经很美
她的微笑醉美着她的村庄
她的温柔温暖着整个寒夜
她的汗水浇灌着多情土地
那片山里那条河旁
在生产队的队伍里
日出而作　日落而息
丰收过后拿起扁担
挑起公粮交给人民公社

她现在也很美
只是静静地倒在
自己辛勤劳动的成果旁
给自己的生命画上了句号
修修补补的箩筐
装满了绿色的蔬菜
塑料袋子里摆放的南瓜
在向大街上过往的行人
讲述一个美丽的生命
一个高洁的灵魂

2024.8.21

寄颗板栗到北京

板栗熟了
它挤开带刺的铠甲
带着紫红色的脸庞
在秋日的微风中微笑
黄黄的胖胖的果肉
清脆　浓香

那是我亲手种的板栗
我喜欢看它
春日里的第一片嫩芽
夏日里的第一束花开
我喜欢嚼它
秋日里的第一个果实

板栗熟了
心儿也开始在掂量
该和谁一起分享这果实呢
哦　中秋将至
寄颗板栗到北京吧
那里有我的恩师我的兄长

2024.9.15

苹　果

你把春天
开成粉白的少女
暗了桃花　淡了梨花

你把夏天
做成青青的幽梦
沐过烈日　浴过雷雨

你把秋天
染成赤诚的祝福
融为甘甜　化为平安

2024.9.21

海　椒

我在暮春的山下
种下一块海椒苗
翻地　起垄　浇水　施肥
汗水浸透衣裳
粪土沾满双手

整个夏天
我时常围着椒地转
杂草锄了一遍又一遍
白色的椒花如繁星
青色的椒条压枝低

当秋天到来时
海椒变得通红
椒串缀亮了小屋
红光拨开了云雾

采摘这红椒
就像采摘着我的孤独
承受这孤独
或是为了一串串的红

2024. 10. 17

面山凝望

有时，不忍面对
迷茫而彷徨的村庄
弯曲而孤独的村路
于是，习惯了面山凝望
凝望起伏的山脊
凝望空旷的山谷

满山怒放的杜鹃花
似乎还没有凋谢
郁郁葱葱的树林
遮隐蜿蜒而上的小路
野果似乎还在青涩
彩色斑斓的树叶
已开始在残梦中纷纷飘落

我所凝望的山
又一次开始慢慢地消瘦
那块吮吸着我汗水的土地
又一次披黄而眠
那池秋水　清澈见底
游动的鱼　伸指可数

2024.10.22

小菜园

门前的樱花树叶红了
纷纷飘落在菜园边的竹椅上
紫色的茄子　红色的海椒
已经悉数归屋

播种的黄金节点
总是难以把握
就像把握不住的天气
连着把握不住的心情

不能让小菜园空荒着
不同的季节播种不同的种苗
生长出不同色彩的蔬果
再蒸煮细品四季的味道

2024.11.17

第三辑

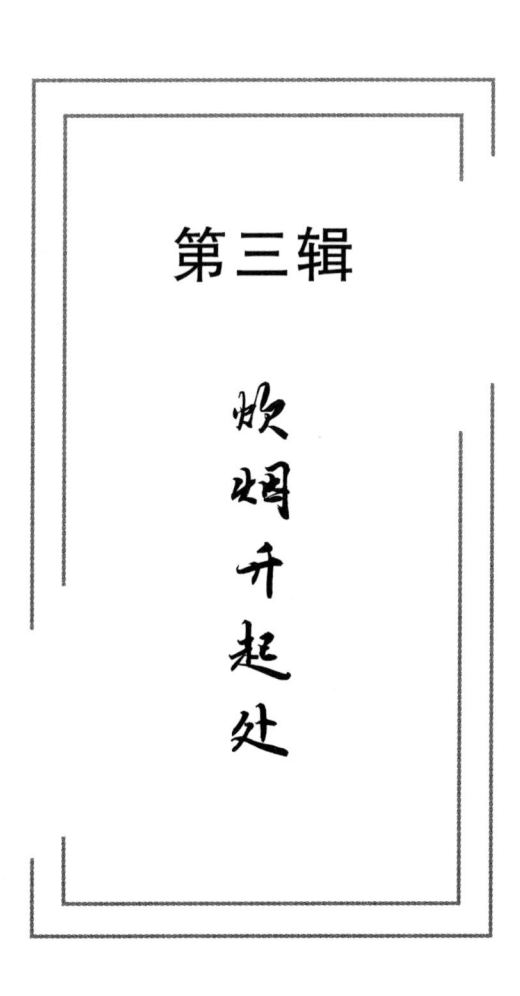

炊烟升起处

我的炊烟

我的炊烟
吻过我生长的土地
吻过那束花那丛草那片森林
那条小河　那些山路
还有我无法捉摸的童年背影

我的炊烟
是父亲的希望母亲的爱
升起在故乡的山坡上
带着我的疲惫我的执着
翻过山梁　飘向远方

2023. 12. 9

南方吹来的风

南方吹来的风
请你轻些
不要打扰年轻的歌者
在空旷的山野尽情地放歌
那闪耀着光芒的歌声
正驱逐着我无边的寂寞

漫山的索玛　请你慢些开
我们已告别漫长的冬季
相遇在你最美的时刻
我们的脚步放慢了
我们的胸怀敞开了
你艳丽的花朵正在盛开
那芬芳沁透着我们的友谊

2024. 3. 26

沿着开满杜鹃的小路去巡山

戴上红袖套
放下烟和火
沿着开满杜鹃的小路去巡山
去盯紧进山的人进山的火
去盯紧巡山防林员的岗位

广播在干风中
宣传着防火的政策
飞机在燥日下
观察着地上的动静
各级督导领导马不停蹄
在敏锐地发现着可能的问题

不要走过场
不要打马虎
沿着开满杜鹃的小路去巡山
守护这千年不褪色的大山
守护这万物依赖着的森林

2024.3.21

我的小房子

故乡的山坡上
有我一个小小的钢架房
面朝青山　背对河谷

白天　鸟儿飞来飞去
四季的鸟语各不相同
夜晚　星辰照耀泉水
叮咚叮咚　催人入眠

散在河谷边上的村落
像月光下的一张张照片
它们模模糊糊地看着我
我不想也不用做些解释

房子下面还有一池山泉
春来发绿　秋后清澈
孤独是水　那我就是鱼
只要有水鱼就不会死亡

2023. 11. 25

春雨滴答

春雨滴答
在三月的夜晚
在东风的后面

春雨滴答
是该来的时候
是想等的地方

春雨滴答
她笑开了花蕾
她弄湿了诗笺

2024.3.10

我是阿嘎拉玛山的孩子

总有一天，我要用
攀登者的信仰和孩子般的任性
登上阿嘎拉玛山的山顶
我要去抚摸那片黑色的海
用粗糙的双手
捧起一轮明月数颗星辰
饮到我的血管里

我还会再登上更高处
用我伤痕累累的双脚
踩着凝固的乌云
踏着低矮的雷电
告诉头顶上飞翔的雄鹰
我是阿嘎拉玛山的孩子
我的灵魂只属于这圣山洁水

2023.5.21

初　雪

漫长的雨季
让太阳变成古稀老叟
偶尔一见　步履蹒跚
却又无法伸手一扶

昨夜的初雪像多羞的少女
冰凉的柔唇轻轻地吻过
起伏的山脊　直立的山峰
一片树叶被吻红了
另一片树叶伴着金黄

一只白色的鹭
飞落在松林边的池塘
像一个孤独的王者
守候着一条舞蹈的鱼

2023.10.20

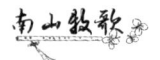

拥抱冬夜

寂静的夜没有网住
漫天寒星的闪闪烁烁
那弯冷月的清清凉凉
我借着星月的微光走在山野

我以为冬天还会很远
还没有沐浴过几场大雪
连冻疮也还没跳出来骚扰
可燕子已在我上空矫健地飞翔
山坡上的晨霜已越来越薄
我甚至还听见
不远处春天羞怯的脚步
还有缤纷的烟花　震耳的爆竹

我知道冬夜即将要作别了
作别山野　作别村庄
作别眼神焦虑的牧羊人
那就用这半醉半醒的双臂
拥抱这个冬夜吧

2024. 1. 18

山风掠过那道梁

山风掠过那道梁
柔和中带些劲头
山花　一朵朵一片片
小路　露出最美的微笑

一颗想要宁静的心
被一次次的荡漾
即使　躲得开山花的纠缠
却怎么也绕不出你的影子

2024.3.16

死在渔网里的耗子

一只耗子
死在了渔网里
被我发现时只剩一小半
干瘪的皮和骨
还有几根胡须
不知道它死了多久

它没有死在药物铁架粘板上
或是猫和蛇的嘴里
却选择渔网
用很多根结实的网丝终结了自己
渔网也被它最后的疯狂彻底摧残

鱼儿还在水中自由自在地游
它们是否知晓有种动物名叫耗子

2023. 12. 5

改汉瓦依

百年前的枪声
向黑暗的制度打响
百年前的刀光
向黑暗的人群闪亮
那一年是虎年
那场起义叫拉库起义

人们需要光明　需要改汉
人们需要自由　需要平等
你用岩石的坚硬易守的洞口
守护了携着家眷逃难的
起义志士　改汉英雄
你也有了自己的名字
改汉瓦依

你像这座大山的眼睛
遥望着山外的世界
又像一位历经沧桑的母亲
温暖着牧人和夜晚的羊群

我不止一次地来到你身旁
我还带来假日的孩子
触摸当年留下的弹痕
游览独特的岩洞
聆听神秘的远古鼓声

感叹你的独特和幽静

瓦依：彝语，意为岩洞。

2024.2.21

问 雪

你可是来自白色的天国
你可否看见我思念的亲人
他们是否骑着白色的马
放牧着白色的羊群
他们是否拿着白色的镰刀
收获着白色的果实
过着像你一样白色的幸福

请你用纯洁的胸怀
拥抱我荒凉又深情的土地
把它温暖成不老的绿色
这片土地啊
凝结着我的多少思念
多少的血汗和梦想

你可知道　如果没有绿色
我的道路将会迷失
我将无法欣赏阳光下飞翔的翅膀
我将不能触摸月亮下流淌的诗歌

2024.1.23

望嫦娥

我待在山野
你游在天际

你的柔情不知有多深
我的豪又可以破天荒

我抚着马犬
你摸着玉兔

你可饮了几樽桂花酿
我可喝了十杯苞谷酒

2024.3.17

第一场雪

我仰头盼望了很久
想和你轻轻地拥抱
也许　一片两片三片雪花
会落在我白色而柔软的心上
润一润没有人知晓的跳动

可是　乘我出远门的时候
你却偷偷地厚厚地飞落在
我的山坡我的小屋上
难道　你就不想知道
我那一堆又一堆的心事

2024.1.5

长卿山

站在长卿山上
我仿佛听到流传千年的
读书声　穿透古柏的苍翠
掀开我灵魂的窗帘

我仰望高高的台阶
看见一个雄伟的身影
他让最美的云朵盛开在沙漠
他让母亲挺起了脊梁

走在长卿山上
我听见鸟儿不倦地歌唱
一个远古浪漫的爱情故事

台阶下永恒的足印
释放出来的信仰
像火把照亮我的夜色小路

2023.12.31

动车，请你再快些

动车，请你再快些
快快载着我去穿越
崇山峻岭，深沟狭谷
去遥远的地方
那里有我
用梦想编织的诗篮
我要拿着它
采摘几颗星辰几片彩云

动车，请你再快些
快快载着我去穿越
风雨迷雾，平原城市
去遥远的地方
那里有我
日夜思念的孩子
我要告诉他们
为了家国要勇敢地学习

2023.12.28

幻　想

要是有种不醉人的酒
多好！和知心的朋友一起
从黄昏喝到天明
从月缺喝到月圆

要是有个不明的长夜
多好！为美丽的姑娘歌唱
唱尽最美的歌曲
忘却厚厚的烦恼

2023. 12. 24

梅饮寒露

我站立在我的位置
目送了春花秋月
饮着寒露　迎着西风
生长着我的骨骼
酝酿着我的芬芳

我坚持着我的梦想
期待着我的时光
漫天飞雪　满枝硕红
燃烧出我的诗篇
吐露出我的胸怀

2024.10.8

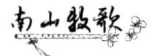

红雪与火把的传说

老人们说，很早以前
一场红色的雪
降落在故乡的火把节之夜
从此，人们不再点亮
火把节之夜的火把

除了杀鸡敬神
祈求人畜兴旺五谷丰登
这方彝乡的火把节之夜
沉静得只有高远的星辰
冷漠的电灯在山风中闪烁

而我在不远处的彝乡
像个野性的孩子，激动地
点燃火把节之夜的火把
我的故乡啊！我是多么渴望
火把节之夜的火把
撒满你的田间地头山边小路
若有红雪再降临，岂不壮哉

2023.7.13

前进吧！少年

蓝天是白云的依念
高山是森林的眷恋
江河是鱼儿的梦想
大地是鲜花的摇篮

远方是脚印的方向
风雨是彩虹的期盼
勇敢是成长的翅膀
微笑是明天的希望

前进吧！少年
走向神圣的知识考场
书写吧！少年
写出精彩的人生篇章

2023.6.9

小小的枫树

你来自遥远的北方
我把你种在故乡的山坡上
用清凉的泉水把你浇灌
用轻柔的双手把你扶正

你有火一样的使命
在那沃土上快些成长
以独特的美丽装缀故山
以燃烧的红叶告慰秋乡

2023.6.5

金色的金丝梅花

金色的金丝梅花
你盛开在夏日的时光
你散满了家乡的山岗
在风里　你送香
在雨中　你闪亮
美丽的金丝梅花
四季的花儿数你最好看

金色的金丝梅花
你不怕　火辣的骄阳
你不弃　土地的荒凉
我要为你歌唱
我要把你赞扬
坚强的金丝梅花
我要带上一朵去走天涯

2023.6.4

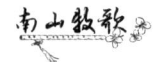

可恨的傻老表

你终于如你所愿
你的孤独　你的脆弱
你对世间的彷徨
在烈火中融化了
化成一缕青烟
消失在了暗淡的山脚下

你那把血淋淋的刀啊
你却带不走了
它的冰凉　它的颜色
永远地留给了你的亲人
深深地插在他们的心里

太阳又升起在碧蓝的天空
白色的云朵多么美丽
夏日的微风多么清爽
你英俊的脸庞可爱的笑容
却永远地消失在泪目里

可恨的傻老表啊
愿你在天国别再害怕
如果还有来生
请你带着一颗坚强的心来
不要再伤害爱你的亲人

2023. 5. 25

没有月亮的夜晚

我静静地躺在
甘普乃托的柔风里
松花的味道塞满了鼻孔
阿嘎拉玛山上的星星
闪闪烁烁　密密麻麻
一颗两颗落下山顶
三颗四颗爬上山顶
就像我白天放牧的羊群

星光映照的山野
看得见手指的数量和方向
也听得见
山泉流入池塘的欢快
松林深处不知疲倦的夜莺
不停地在歌唱
它的歌声牵引着
池中的锦鲤浮水跳跃

没有月亮的夜晚
山野没有神秘的漆黑
因为有星光
没有月亮的夜晚
我也不会轻易入睡
因为血管还在奔驰
就像黑马赶上了旷野

2023.4.27

春天的尾巴

我多想用全身的力气
拉住这春天的尾巴
因为　它一走
那片像母亲慈祥脸庞一样的
山花　也将随之而去
永不回头地消失在我一次次
被泪水浸透的枕巾里

我也很想拿起长长的马鞭
狠狠地无情地
抽打这春天的尾巴
让它飞快地消失
飞快地带走
这个春天给我的
最撕心的伤痛
最裂肺的别离

2022.4.18

火塘告诉我

高山告诉我
有个勇敢的母亲
扛着斧头　迎着寒风
砍下一堆柴
挥着汗水离开了

大地告诉我
有个倔强的母亲
手握镰刀　顶着烈日
收了一仓粮
拖起疲惫离开了

火塘告诉我
别再四处寻找
你的母亲
已化为夜空的星辰
已变成林中的布谷
她让你记住
冷了　有柴
饿了　有粮

2022.5.8

重阳节的思念

重阳节的黄昏
我燃起火塘里的火
墙上的双亲黑白照片
在火塘的照耀下
如此的亲近
近得无处不在
又那么遥远
远得无处问候

黑布精缝的烟袋
黄铜打造的烟杆
是母亲留下的
我从菩萨柜里拿出
轻轻地装满思念的味道
轻轻地点燃无限的回味

忍不住的泪光里
我仿佛看见
别离了半个世纪的
父亲和母亲
在黄昏的彩云里漫步
在清晨的阳光里欢笑
母亲的白发变黑了
父亲的笑容绽放了

2022.10.4

妈妈，不再回来了

我明明知道
您不再回来了，妈妈
可是，我的眼睛还是在寻找
在四面围绕的大山里
在头顶遮盖的乌云间
在沉默不语的羊群旁
很想看到您，我的妈妈
看到您照着小方镜
用小铁夹拔鬓角上长出的白发
看到您带着微笑
一口一口地吸着幽香的兰花烟

我明明知道
您不再回来了，我的妈妈
可是我的耳朵一直在听着
想在夜深人静的黑暗里
听到您轻轻的一声咳嗽
想在我独自忧伤的日子里
听到您深切的一声问候
在风雨要来时，想听到您
手持拐杖慢慢回来的声音

2024.4.4

山花告辞枝头时

山花告辞枝头时
花蒂长出新嫩的叶芽
一阵轻风吹落的
是暗香的松花粉
这条山中小路
我独自拥有它别样的风景

山花告辞枝头时
我劳作在高高的羊粪堆上
感觉自己是思想的王者
可自由地开创许多的天地
那天地里,有谜一样的光彩
也有比粪堆还要高的果实
那些果实没有一点毒素

2024. 4. 17

云雾亲吻过的花

云雾笼罩的山野黄昏
我不忍进入小屋
一只白鹿闪现在眼前
驮上我的心飞入白茫茫里

白茫茫的天　白茫茫的地
白茫茫的云　白茫茫的雨
洗净我一身灰茫茫的尘
我的眼睛刹那变回
第一次睁开的样子

我深深地呼吸
看见一个别样的世界
被云雨亲吻过的世界
原是开满鲜花的世界
此时此刻我想要开花
开成一朵
被云雾亲吻着的花

2024.6.27

陋室的春天

一间陋室
坐落在山坡上
它的前面是山后面是河
山高得让天担忧几分
河枯得让乱石发烫

它的左边也是山
右边是一个连一个的村庄
左边的山上有条小路
正被怒放的杜鹃
挤压得若隐若现
右边的村庄很远
远得听不到它的心脏
是否还在跳动

一棵柳树　两株樱花
在风中摇头疑惑
唉！这么好的春天
这陋室的主人
为何一个人怜花赏花

2024.4.5

留住跟随时光脚步的心

既然力挽不住
岁月的车轮压过额头
留下深深浅浅的辙印
既然无法缝补
散落在故山故水间
被现实撕碎的万丈旧梦

那就以山为邻
枕着岩石倾听泉声
笑看花开花谢云集云散
以锄为友种诗放歌
用两杯浊酒留住
想要跟随时光脚步的心

2024.5.31

雨打新竹

既已破土而出
那就向着天空生长
把笋衣节节脱去
从此　与松树为友
和明月相约红尘

让竹叶在烈日下
释放出耐力
让竹竿在霜雪里
挺立出精神
竹根在证实远方并不远

居住在幽池小屋的人
早已望眼欲穿
从前年的冬天
等到今年的夏天
终于看到——雨打新竹

2024.6.8

讨厌悲伤的花朵

讨厌悲伤
是你的花语
我也不喜欢悲伤
谁又愿意悲伤

金灿灿的花朵
从夏天开到冬季
还有什么花有你长久
我曾为了一点粮食和牧草
用毒药把你喷灌
无所谓地看着你死去

一年过后
你又从原地长出
两年过后
你又开始金花怒放
既然你爱上了这块土地
既然这块土地容纳了你
我有什么理由
阻止你的选择

我决定守护你了
我的金丝梅花
哪怕我穷得只剩下快乐
也要把你守护成

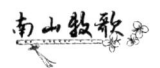

一片金灿灿的海
荡漾在青山的怀抱
让很多很多的人来拜访
让我们一起去讨厌悲伤

           2024.5.14

不忍抖落的露珠

茂盛的蕨草
覆盖了我进山的路
细雨淋湿了我的头发
还有我草绿色的衣裳

蕨草上的树叶花朵野果
挂满了露珠
一颗颗一串串一片片
晶莹剔透　闪闪亮亮
真不忍心抖落

可我不得不进山
汗滴连同露珠一同滚落
我得去看看
安息在云雾深处的母亲
我得去疏通
被昨夜的雨堵塞的水源

2024.7.15

听 雨

无法入睡就起来
点燃香烟，听雨
一场无处靠岸的雨
一场下了半世的雨

能不睡就别睡
打开窗户，深深呼吸
山野夜雨的空气
曙光，就在不远处

关掉电灯
点上蜡烛
再听听雨的声音
那么的贴近和真实

2024.7.29

新 雪

新雪　已借昨夜的风雨
落在最高的山顶
清晨的第一缕阳光
让它很白也很明亮
记忆中去年的雪犹未融尽

寒意　已爬上清晨和黄昏
正爬向白天和黑夜的心脏
正爬向山头和河谷的树梢
它要敲碎一个绿色的梦
然后在五彩斑斓中纷纷坠落

站立在故乡的山坡上
遥望那片新雪
让我感到生命不过就是一场雪
寒意在告诉我
你也只不过是个秋收的失败者

2024.8.19

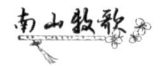

相约在深秋

昨日的繁花
自翻过山岗就不知去向
昨夜的雨滴
在秋日的高空悄然无踪

清晰透明的山坡上
雄鸡叫醒了炊烟
袅袅的　在小屋上空飘荡
清晨的阳光送来一片红树叶
落在那日夜经过的栅栏口

一只从狐口逃生的小鸡
找到了另一个妈妈另一个世界
秋虫和草籽抚平了它的伤痛
炙热的太阳一天也不缺席
它在弥补夏天留下的遗憾

多情的树种上的每片叶子
在痴痴地等待深秋的到来
它们在等待远方的多情人
相会在深秋的山坡上
燃起一堆绚丽的篝火

2024.8.24

今夜没有黑暗

月亮还藏在山的背后
夜空布满了星辰
星光照耀的路
是那么的宁静而透明
北极星牵着北斗星
指引着远行人的路途

星光下的秋池依旧溢满
不知疲倦的山泉依旧叮咚
几条彩色的鱼也不停地
在池塘里玩弄着秋波
岸边草丛中的夜蛐儿
也依旧不停地在歌唱

一盏独亮山下的灯
也做好今夜无眠的准备
在月亮没有升起之前
它要和星星一起
照亮这个夜晚
让黑暗望而却步

2024.9.7

初冬的阳光

阳光的尘埃
被漫长的阴雨洗尽
落在初冬的山野
温暖而明亮

蔚蓝的天　如幻的云
让小屋背后的山峦
红与黄点点滴滴地交融
那是秋冬在低语地交接

鲜艳的万寿菊
依旧激荡着蝴蝶的欲望
清澈的池水
藏不住鱼儿的那点心思

小路两边的杜鹃树
背着太阳也能茂盛地生长
无眠也无休
只为了来年的那场繁华

2024. 11. 13

寂　寞

站在夜的深处
我想把寂寞揉碎
抛洒给停不下来的风
吹向有你的方向

如果你也正在寂寞
请打开你的窗户
风会告诉你
我埋藏已久的寂寞

就让寂寞彼此相拥吧
就让寂寞彼此倾诉吧
哪怕有泪也无妨
哪怕喝醉又何妨

2024. 11. 10

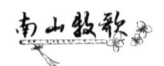

寒露来临

寒露来临
金丝梅叶片上的露珠
白如美人的肌肤
冷如男模的眼神

多劈一些柴火
堆放在山边小屋前
红炉需要烟火
孤客需要温度

还备些高度的白酒
还有茶叶　土豆　燕麦和荞面
再找上几本唐诗宋词
寒夜将会越来越长

2024. 10. 7

第四辑

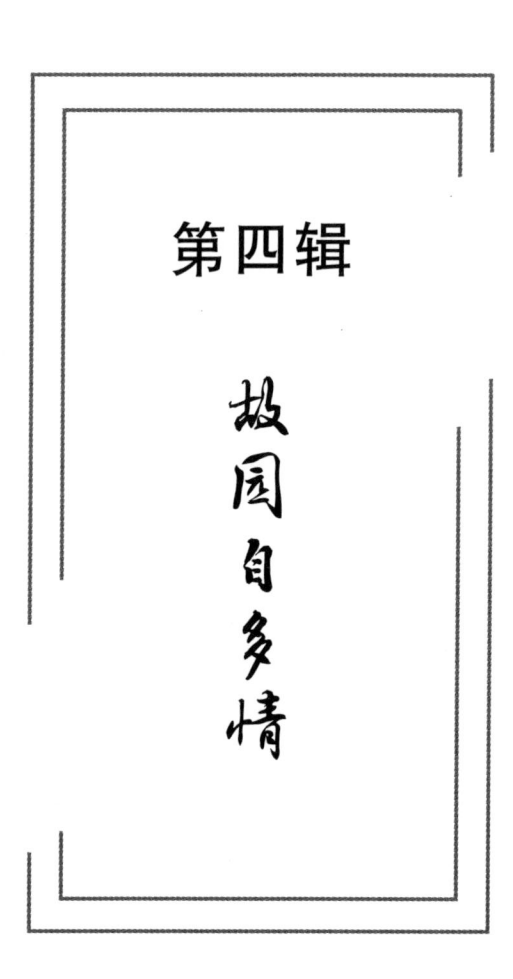

故园自多情

大桥水库

你这天空一样的辽阔
为何打不开我的视线
开着车在你周围转了又转
却又找不出赞美你的言语
单一的色彩　酸酸的细浪
翻开的是一页又一页
沉入湖底的风景和故事

真想变成一条鱼　一条
只会游翔不会流泪的鱼
借着冬日的暖阳击穿蔚蓝
去湖底慢慢地寻找
宽阔的河坝上孤独的梨树
石拱的大桥边拥挤的集市
去看看那个背着书包的少年
装着一个又一个易碎的梦
走在那条长长的砂石路上

2023. 12. 10

最初开放的花

最初开放的花
俏立在枝头
释放着勇敢者的自信
它知道　不用多久
城市的大街　乡村的旷野
有趣的人们
逐渐地忘却了雪的故事
又开始走入花的浪漫

最初绽放的花
散发着久违的芬芳
却引来蜜蜂的一场战斗
败落花下的蜜蜂
被一只花喜鹊啄进嘴里
飞到泡桐树上得意地喳喳
也许它把自己当成了凤凰

2024. 2. 18

送你一树樱花

你的轻风
吻醒了大地　阳春三月
崭新的生命在追逐着降临

你的细雨
洗去了尘埃　阳春三月
灿烂的星汉已布满了天际

那声惊雷
击碎了孤冷　阳春三月
诗歌的泉水在轻快地奔流

阳春三月
我不知拿什么歌颂你
就送你这一树我种的樱花

2024.3.6

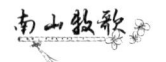

故乡的水磨房

是这片初冬的阳光
让我看见了你的苍凉
是脚下呻吟的落叶
让我情不自禁地靠近你
我抚摸你的手有些颤抖
我凝望你的眼有些湿润

你曾挺立在龙洞河水之上
朝着一个方向
夜以继日地转动
一缕缕炊烟因你而升起
一朵朵浪花因你而洁白
你雄厚的声音
曾是阿嘎拉玛山下
最充满生命力量的旋律

你的门口正对着我家的小路
你一直在看着我
看着我读书放牧背柴捡粪
看着我欢笑哭泣调皮挨揍
看着我上大学穿军装
看着我带回女人和孩子
如今我又回到你身边驻村工作
就像你圆圆的石磨

河水被断了　鱼儿消失了
你也被孤独地围在
空心水泥砖修建的房圈里
电线牵进了村庄
机器搬入了农户
你转动的使命走到了尽头
变成了堆放杂物的小仓库

初冬的阳光依旧那么温暖
风中的黄叶依然从容飘落
故乡的水磨房啊
不管岁月如何地流失和变迁
你永远驻扎在我的记忆深处
依然唱着歌谣打着浪花
朝着一个方向
不停地不停地转动

2023.11.15

等 雪

我在铺满多彩落叶的山坡
等你，你这洁白无瑕的雪
其实我早已把春日的娇艳
放入沉香的木柜里
等待你从山顶飘来的消息

我在安宁湖畔的枯草丛中
等你，你这天地精灵的雪
你可知碧蓝的柔波已拾起
夏日的冲动，换上羽绒服
等待你把天和湖连在一起

我在美丽家园的银杏旁边
等你，你这承载恩泽的雪
是这杯溢香的清茶
冲淡了秋日的伤感
等待你轻轻落入我的手心

2023. 12. 1

祝　福

真想捕捉一把早春的雨
挤揉在你的眼中，从此
你目之所及　世界芳华

真想把阳光时刻洒在脸颊
把温暖的手交给彼此
挡住岁月的冰冷　世道的苍凉

真想拜托这方丽秀山河
恩赐予你不老不灭的青春
永远沐浴日月星辰的光芒

我的亲人们啊
相聚的歌声又一次荡漾
在家园的上空
把迎新的酒杯再次斟满
让我们忘却昨日的伤愁
祝福明天的步伐充满力量

2024. 2. 14

那条山路

那条山路
在我儿时很宽，宽得
能容纳生产队的一大群猪
能容纳一捆捆细长的柴火

那条山路
在记忆深处很长，长得
看不见尽头，风雨霜雪里
不知道它要伸向何处

那条山路
如今在山腰上若隐若现
高大的松树长在它的胸口
它的呼吸像哀鸣的小鸟

走在那条山路
我的脚步很轻
我怕踩醒它的伤痛
也怕踩疼我的回忆

2024.2.29

月亮与酒杯

我相信，月亮与酒杯
不是同胞就是知己
只是，一个在天上
一个在地上

月亮缺了
是因为他要去找酒杯
诉说他的孤寂和倦意
酒杯满了
他会呼唤圆月
美好时光要用真心斟酌

酒杯空了
无须去看坛子和玻璃瓶
月亮已把杯子倒得满满的
月亮圆了
无须多余的灯光和色彩
酒杯自然变得宁静和敞亮

2024.2.25

深山女郎

你的脸庞为何总闪着
一道忧伤的眼神，你可知
彩云为你皱起了眉头
就连山风也变得沉重

这个冬季的夜晚
你的瓦板屋是否覆盖了雪花
你的火塘是否慢舞着火焰
温暖着你的双手和忧伤

我听见空旷的雪野上
一只迷途的羔羊在奔跑
它在寻找失落的部族和母亲的乳汁

深山女郎啊
今夜你会不会走入我的梦里
我也在山的另一边
看雪花飞落在我的瓦板屋上
看火焰在火塘里慢慢地舞动

2024.1.18

暖冬行动

一袋米
是暖冬的问候
像瑞雪飞落在山村

一桶油
是早春的祝福
像春雨滋润着心田

一群人
接过大米和油
高声感谢党和政府

2024.1.31

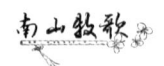

驻村工作队

山崖上有我们攀爬的手印
河谷边有我们坎坷的足迹
春风吹拂着我们的自信
夏雨浇灌着我们的希冀
烈日下有我们闪光的汗滴
寒风中有我们坚定地前进
朝霞扬起了我们的使命
深夜流淌着我们的思情

我们是驻村的工作队
脱贫攻坚的战场上
我们和贫穷勇敢战斗
乡村振兴的道路上
我们就是坚强的先锋
我们是驻村的工作队
党有号召我们就听从
民有需求我们就行动
期待幸福彝寨美如虹
盼望千里凉山万里梦

2024.1.16

阿嘎拉玛山

你是雄鹰的摇篮
你是祥云的故乡
雄伟的阿嘎拉玛山啊
你用博大的胸怀
养育了一方的生灵和希望

你是美丽的天堂
你是神秘的地方
神奇的阿嘎拉玛山啊
神灵从这里显灵
庇佑着家园的繁荣和安康

你是我永远的敬仰
敬仰你的雄伟和博大
我要深情为你歌唱
歌唱你的神奇和吉祥

2024.1.14

我的村庄

我该用怎样的步伐
走进你的心灵
感受你的寂静
触摸你的忧郁

我该用怎样的言语
叩开你的梦扉
倾听你的苍凉
领悟你的渴望

我的村庄啊
我的脚步一直沉重
却不倦地走在你身旁
我的语言虽然苍白
但总想呼唤你的诗篇

2023. 10. 25

如 果

如果我是一丝雨
我会轻抚含苞的花蕾
叫她耐心地绽放

如果我是一缕风
我会陪伴无眠的孤客
为他带去些慰藉

如果我是一弯月
我会照亮多情的歌者
把他的歌声传递

如果我是一片雪
我会融化游子的乡愁
把他的心灵滋润

2023.10.16

晚秋的雷雨

一场晚秋的雷雨
撕开长夜的胸口
没有灯光的城市的心脏
在雷雨中停止了跳动
像一块巨石　在闪电里
发出一道道黑色的光芒

躺在沙发上
我听着雷雨的交响
红色的烟头　青色的闪电
一个在地上　一个在天上
一闪一闪　闪了又闪
我突然摸摸我的胸口
心还在平静地跳动
寒意却爬上了额头

2024.10.4

村庄的路

离开时
村庄的路是泥石交融的路
凹凸上走过的那些脚印
深深浅浅　不急不缓
脚印边上的影子
如秋叶般色彩斑斓
影子对着的爱
如一串串丰满的果实

归来时
村庄的路已是水泥铺就
平坦上奔波的眼神
闪着陌生也藏着迷茫
像是早春的雨夏末的雾
这个深秋的傍晚
我却像一只荒野的鸟
不知飞往何处

2023.9.24

火把燃起时

火把燃起时
心儿随着火光飞翔
去复活国度的花园
采收异样盛开的花瓣
装满梦丝编制的行囊
山不再高　路不再长

火把燃起时
人们围着火焰欢狂
像星空大海般辽阔
忘却依然疲惫的肩膀
燃起生生不息的希望
风似摇篮　雨似佳酿

2023.8.12

老屋老了

老屋老了，老得身躯蜷缩
它的主人去了城市
还建造了一座洋房
在城市的一角
沐浴着阳光欣赏着花朵

老屋老了，老得载满记忆
一个女人在七十年代
迎着酷暑和霜雪
建造了全村第一个
完整而又挺拔的瓦房

老屋老了，老得如此宁静
它知道创建它的女人
幸福地安乐地离开了
它也知道她的子孙
不会遗忘它的存在

2023.8.8

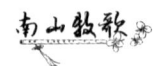

我的故乡

吉祥的白云亲吻着绵绵的高山
肥壮的牛羊散满了蓝蓝的湖畔
山风不倦地轻送着百鸟的歌唱
人们辛勤地耕耘着田野的芳香
世上最美丽的地方是我的故乡

透亮的月光拥抱着宁静的村庄
醉人的口弦响起在那核桃树下
小伙子看着满天星说出心里话
俏姑娘低着头靠近了他的肩膀
世上最深情的地方是我的故乡

阿普的酒杯装满了悠长的故事
阿玛的烟杆飘散着无尽的牵挂
故事就像北斗指引子孙的方向
牵挂犹如披毡抵御岁月的风寒
世上最温暖的地方是我的故乡

2023.5.27

故乡的小河

一条小河清清又弯弯
流过美丽的村庄
村里吊满了长长的核桃花

一条小河匆匆又忙忙
流过月圆的夜晚
梦中激荡起儿时的小浪花

小河啊小河
故乡的小河　多情的小河
请你捎上我的祝愿
问候一路的诗篇

小河啊小河
故乡的小河　希望的小河
请你带着我的梦想
流向辽阔的远方

2023. 5. 24

很想告诉你

那年春天
你带着花的色彩叶的希望
来到我的怀里
悦耳的啼哭是世间最美的音符
跳跃在蓝天的云里原野的风中

那天清晨
我牵着你的小手你的难舍
悄悄离开大山
风雨的路途是不休不止的挂念
弥漫在校园的上空山野的小路

今年夏天
我们挥手告别了小学时光
走向初中大门
漫漫的长路期待儿郎声声捷报
散发出智者的思考勇者的抉择

2022.7.1

绿色的风

绿色的风
掀开酒店的窗纱
夏日的小假
阳光有些羞涩
笑声却开始飞翔

湖水中的自由
沙滩上的秋千
融化日日夜夜的思念
苍柏间的阶梯
古寺里的香火
牵动真真切切的梦想

2022.6.4

瓦勒拉达的夜晚

瓦勒拉达的夜晚
吹起了风
带着焦林的味道
沉沉地从山顶滑到山脚
又缓缓地从这山爬到那山

瓦勒拉达的夜晚
一直亮着
山顶瞭望的灯像是挂在天上
天上的星星悄悄地
散落在山村的要道关卡
那流星是守夜人的灯

瓦勒拉达的夜晚
不太宁静
小河颤抖的倾诉声
缠绕着防火人的残梦
美丽和宁静变成一个陌生人
与你无言地对视

2022. 3. 24

让歌声唱响回家的路

甘普乃托的那道阳光
是今年春天最温和的阳光
盛开的杜鹃像片彩云
落在那条山径上
一群满腹诗书的人
从这里走过
留下一路的芬芳
山坡上飞满了蜜蜂和蝴蝶

碧蓝的湖水
倒映着更蓝的天
洁白的云像怒放的杜鹃
簇拥着那条游轮
向着湖心更深处漫溯
歌声已挤满我的喉咙
真想大声地放歌
让歌声唱响回家的路

2024.4.1

死亡的森林

一片森林死亡了
在山的深处水的源头
它的肌肤四分五裂
它的筋骨支离破碎

它是为了要死的人而死的
他们入地需要一口棺材
无数把油锯　无数次地
让它一步步走到了死亡

索玛在它的葬礼上怒放哀悼
在暴雨降临之前
牧人和羊群的瓦板屋
已飘摇在无法躲藏的山风里

2024.4.19

冕宁，我的家园

那只舀水的木碗和那把杀鸡刀
已化成为凌空飞翔的红色翅膀
奔月架上的美人是那么的楚楚
玉兔碰落的桂花酒香醉了人间
那群绵羊很会唱出古老的歌谣
炊烟飘起的原野总有回家的路
山寺晚钟让流浪者停住了脚步
茫茫天涯何处不是宁静的港湾
那雕刻在江涛旁边的岩石古道
会告诉你繁华终归要谢幕而去
家园北方屹立着的那一座大山
庇佑着身边的人们远方的孩子

2024. 4. 27

雨雾中的乡村

雨　一直在下
雾　不停地飘
没有周末不周末
我们撑起了雨伞
走在湿漉漉的乡间小路

走过了五组还去六组
出了阿苏坝呷
还入沙马坝呷
为了夯基强本
核实农户收入
不能体外循环
不能漏测失帮

小花狗见了我们不叫不躲
小水牛见了我们不惊不奇
路边的刺梨露出最艳的花蕊
洋芋正开花　玉米正茁壮
青嫩的核桃挂满了枝头
噢！还有一位八十岁的阿玛
还在精细地纺着牦牛毛呢

2024.5.11

从现在开始

从现在开始
不要相信野牦牛能听懂
春天的故事有多的浪漫
也不要刻意地去想象
那冰雪覆盖的冬季世界
静心沐浴这黄昏的山风和夕阳

从现在开始
收敛起疲惫而孤冷的翅膀
离开风云难测的天空
贴近大地低低地飞翔
把挥之不去的伤感往事
交给午夜的梦撕成碎片

从现在开始
不再心猿意马
让自己寂静
靠着大山读几本书
躺在月下写几首诗
守好已变得几分陌生的初心
护好灵魂深处的那一束阳光

2024.5.22

端午节登越王楼

登上越王楼,我听见
李白在把酒低语
杜甫却放声高歌
我还看见
凭栏临江的杨慎
长袖飘飘地在怀古
沐浴霜月的李商隐
怎么也分辨不出
青女和素娥到底谁更美

低首而过的涪江
退让三舍的大厦
繁花树下
抱着琵琶的唐装细女
让我想起
一个骨瘦如柴的诗人
若是他也能登临越王楼
会不会还抱着石头
走向那条江的深处

2024.6.10

雨中看河

一场没有雷电相伴的雨
下了很久很久，松林边
习惯了干枯的河床
又迎来了它的稀客
一条充满活力的河流
正托起怒放的浪花前进

我打着一把雨伞
久久地站在岸边看河
感觉也遇到了稀客
有说不完的话题
却不知该从何说起
又像个贪婪的孩子
想挽住它的脖子
告诉它，不要雨停了
又要悄悄地消失无踪

2024.6.28

燃情的火把节

撑起一把黄色的伞
挡住七月的阳光
去看看戴着金花银花的阿妹
她们在人海中微笑
她们在歌声里回眸

骑上一匹黑色的马
赶到宽阔的原野
去看看雄健如鹰的英俊小伙
他们要跨马扬鞭驰骋
他们要放开双臂摔跤

点燃一把红色的火
太空已被重重地敲碎
散落的星斗已化成一把把火
照亮狂热不休的歌舞
彝山彝寨的夜晚已无眠

端起一碗浓烈的酒
坨坨肉香飘出十里外
火把节的夜晚只属于情和义
我们唱过了还要再唱
我们喝干了还要再斟满

2024.7.6

火的盛节就要到来

屋檐下的蒿枝火把
还在微微潮湿
人的皮肤甚至也在发白
这个夏天　漫长的雨季
该有个休止符了
年度盛节就要到来

南高原的火把即将点燃
彝人的城市和村庄
彝人的激情和梦想
即将像火把一样地燃烧
在这生生不息的山河里
在这欣欣向荣的时光中

真想登上阿嘎拉玛山
站在高高的山峰上
等待像星汉一样灿烂的光芒
借着这神奇的光芒
举目南高原的四方
数一数　数不完的盛装美女
看一看　看不完的如山儿郎
听一听　听不完的欢歌笑语
想一想　想不完的幸福生活

2024. 7. 13

火把节敬神灵

鸡，是未下过蛋的
还必须是黄色的
荞馍，做成圆形和柱形两种
酒，得倒满杯子
这是火把节的敬神品

火焰在火塘里舞动
摆着敬品的木柜前
我带着无比的虔诚
口中念念有词
向吉祥的神灵祈祷
心房装满了希望
我的神灵啊
希望在安康的道路上
收获一个又一个的惊喜

2024.7.23

独行者

雷雨打开的记忆
如同泛滥的河流
激荡在山野之夜

停了的电灯知道
对于一个独行者
黑暗是亲密伴侣

消灭不掉的烦恼
又一次死灰复燃
火焰灼伤了眼睛

那就荡一叶酒舟
划向黑夜的中央
相会迟到的黎明

2024.8.4

安宁湖畔的阳光

安宁湖畔的阳光
照耀着相逢的喜悦
蓝天白云见证的
是文友间纯洁的情谊

甘普乃托的山坡上
波斯菊正在盛开
一杯清茶
化解浓浓的思念
披上查尔瓦
扎起英雄带
锁住快乐的时光

松林旁边把弓拉满
瞄准诗和远方
射出一支热血的箭

2024.9.3

我的第一个老师

背过的第一个书包
已记不清它的模样
但从那个书包开始
背过的书换过的包越来越多
后来　书包换成了文件袋
不管是提着还是挟着
重量虽是变轻了
责任却是加重了

上过的第一次课堂
已记不清它的内容
但从那堂课开始
经历的课堂已无法计算
从简陋阴暗的土房教室
到宽敞明亮的大楼会议室
进不完的是课堂
学不完的是知识

教我的第一个老师
依然步履蹒跚地活着
满头瑞雪般的白发后面
有无数张如父如母般的脸庞

每次见到他们总有几分愧疚
后悔那些时光为何不去努力
负了老师的期冀
误了自己的韶光

2024.9.10

夜芦苇

秋的凉意
已穿透北沙坝的午夜
一树枝繁叶茂的梧桐
耸立在党校的中央
景灯和小路
草坪和楼房
簇拥着它的孤独　直顶夜穹

一个无意安睡的人
围绕着梧桐在打转
他在寻觅
丢失在晚风中的言语
他在聆听
太阳下没有的声音

一只蟋蟀　跳出左边的草丛
落在他的脚边　四处张望
再跳到右边的芦苇丛
白白的　柔柔的　翘翘的
夜芦苇　正在开花

2024. 9. 11

致沙玛中华

是谁　在岁月的工地
挥汗如雨　用微薄的工钱
扛起沉甸甸的责任
是谁　在阴暗的角落
奋笔抒写　以闪光的诗篇
诠释自由的灵魂
是谁　驾驭着一刊《山风》
穿越层层的风霜雨雪
汇聚五湖四海的诗人
歌颂着世间的悲欢离合

是你　踏风而来
越过我远离闹市的城墙
在我的领地拂醒一朵野菊花
在阳光下灿烂地开放
是你　用纯粹的心灵
碰醒我沉睡千年的酒杯
和那坛醉圆明月的荞麦酒

我的良师　沙玛中华
男人的铁骨不能生锈
那些道貌岸然　高高在上
却手握精算盘算计名利的人
最后会被蝇蛆算计成骷髅
我的益友　沙玛中华

让我们携手以共
敞开心扉　向着诗的殿堂
踏一路清风明月
抒一曲高山流水

2024.9.24

风吹过的秋天

风吹过的秋天
层林尽染　百草萎黄
吹出几分壮丽几分感伤

风吹过的秋天
落木萧萧　飞雁嘎嘎
吹响生命的短暂又轮还

风吹过的秋天
云淡天高　月冷夜长
吹暖红炉的温度和诗篇

2024.10.17

阳光下的笑容

阳光下的笑容
在向阴雨的季节告别
金黄色的丰收
洋溢在乡村的上空

接到的关怀是温暖
送出的心意也是温暖
接送到的温暖
化为我们共同的笑容

2024. 10. 13

山　风

山风　源于幽谷的小溪
拂过翠竹的倩影
攀到岩石上的云杉顶
以自由的天性放飞

山风　吹开索玛的花蕾
让恋人多了一次拥抱
把云雾玩弄在掌心
随时捏造梦幻的世界
传递野果的芳香
安抚落叶的胸口
还会让飞舞的雪花
轻轻地吻红一朵梅花

山风　拒绝一切的残忍
它不屑龙卷风和沙尘暴
在山的怀抱　在林的中央
安静地栖息　快乐地出发
传说着大山
博大的胸襟　富饶的世界

2024.11.29

彝族年的准备

满怀虔诚与敬畏
把屋里屋外彻底地清扫
那些陈年的尘埃
那些屋檐的蛛网
那尊祖灵即将降临的圣柜

男人把刀具统统收集
杀的　砍的　切的　割的
磨出一阵阵的光和锐
圈里平躺的年猪
耐心等待着痛快的那刻

女人的汗珠
悄悄地挤上额头
在柴火铁锅边舞蹈
熟练而优雅地舞出
一锅锅比雪还白的豆腐

夜幕降临了
就在火塘里燃起一堆火
温暖三个锅庄石
让轻快而艳丽的火焰
照亮祖灵回归的路途

2024. 11. 19

杀年猪

凝聚所有的力气
扑向肥壮的年猪
让它尽情的嘶吼声
穿透天空和大地
呼唤祖灵的降临
要让锋利的尖刀
喷涌出鲜红的血泉

再用柴火和烫水
还有干燥的蕨草
把猪毛清理干净
开膛破肚小心取出
年猪的脾　完整
年猪的胆　饱满
年猪的膀胱　充盈
这是祖灵在告诉世界
他们的子孙　安康吉祥
他们的子孙　六畜兴旺
他们的子孙　五谷丰登

2024. 11. 23

敬祖灵

三百六十天的日子
数今天的日子最好
七百二十顿的饭菜
数这顿的饭菜最香

祖灵啊
虔诚的子孙已把
年肉　热气腾腾地烧煮好
美酒　香气四溢地斟满杯

在圣洁的祭柜上
摆满了清净的酒肉香烟
请庇佑你们的子孙
今年持竹杖　来年跨骏马

2024.11.24

醉串门

把门打开
把狗拴好
备上大块的年肉
拿出飘香的美酒
别让火塘熄灭
别把电灯关上

敞开心扉
拉开嗓门
热情姑娘倒满杯
干脆小伙喝见底
从村头到村尾
一家一户地串

彝家过年了
山寨要欢乐
三天吃不够
三夜喝不醉
他家的年肉最肥
你家的年胆最多

彝家过年了
亲人要相聚
三天跳不够
三夜唱不完
你家的姑娘最美
他家的牛羊最多

2024.11.25

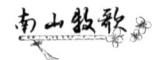

送祖灵

雄鸡叫了一遍又一遍
黎明的脚步越来越近
神圣的祖灵呀
你们也该要启程
回到你们的世界

把火塘再燃旺些
用心为你们做早餐
炒一份香喷喷的肉
炒一份香喷喷的饭
倒一杯香喷喷的酒
还有豆腐　糍粑　鸡蛋
虔敬地为你们送行

牵上子孙给你们的年猪
留下你们给子孙的恩赐
明年会有更肥的大年猪
等待你们来清洁地过年

2024.11.26

秋日的山雨

秋日的山雨
穿过午夜　越过黎明
手中的香烟
随着落雨忽暗忽明

按捺不住的思念
挣脱我的贾诗瓦拉
在雨中的山野
茫然地飘荡

拾一片雨打的落叶
写上思念的句子
读给飘向远方的云
读给落在眼前的雨

2024.11.4

我有一支笔

我有一支笔
画不出一颗金色的五角星
扛在自己的肩膀上
驰骋沙场　马革裹尸

我有一支笔
画不出高楼大厦的会议室
坐在主席台中央
声如洪钟　乘风破浪

我的这支笔呀
曾经在我的手里颤抖
它画不出黑夜里的交易
它画不出阳光下的谎言

我有一支笔
眷恋着宁静的故山故水
百鸟的争鸣，炊烟的升起
东升的旭日，西落的明月
松山脚下流动的羊群
碧湖畔边奔驰的骏马

我有一支笔
紧紧地握在我的手中
画不出生命的长短
却能画出我自由的灵魂
画不出名利的轻重
却能画出我从容的目光

2024.10.4

渴望一场大雪

渴望一场大雪
犹如一个婴儿
渴望母亲硕大的乳房

潇潇洒洒　铺天盖地
让它埋葬忧伤的往事
还有难以挽留的别离

站在雪地里
我就是一片雪花
一片自由而洁白的雪花

2024.12.6

浓郁的乡情、生动的画意、丰富的诗情
——读吉夫乌萨的诗

[美国] 徐英才

吉夫乌萨的诗，充满着浓郁的乡情，呈现着生动的画意，洋溢着丰富的诗情，读来印象深刻，令人思索。我们可以从下面几个方面来解析他的诗。

一、思想与情感

诗歌的自然与人文交织

吉夫乌萨的诗歌大多以自然为背景，结合了丰富的人文关怀，展现出强烈的地方色彩与情感深度。他的作品不仅描绘了自然景观，还蕴含了对人类生活与情感的深刻理解。诗中对风、花、雨等自然元素的细腻描写，勾勒出一个生机勃勃、充满诗意的世界。例如，《种下几棵索玛》通过对植物生长的细致观察，表达了人与自然的亲密关系，以及对未来的期待。

情感的真挚与细腻

吉夫乌萨的诗歌中充满了对故乡和亲人的真挚情感。在《故乡的水磨房》中，诗人通过对故乡水磨房的深情回忆，展现了个人与故乡之间深厚的情感。这种情感不仅体现在对具体事物的描述上，更体现在对过去时光的珍惜与对未来的期盼中。他的诗句如《我的炊烟》中"吻过我生长的土地"这种细腻的笔触表达，将个人情感与自然风貌紧密结合，令人感受到一种深切的怀旧之情和温暖。

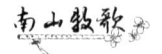

语言的优雅与简洁

吉夫乌萨的语言风格优雅而简洁，诗句流畅自然，具有很高的艺术性。他善于用简单的词汇描绘复杂的情感与景象，让读者在他平易近人的文字中感受到深邃的内涵。《大桥水库》中，诗人用"单一的色彩　酸酸的细浪"来形容水库的景象，这种简单却富有层次的表达，展现了诗人对自然的深刻洞察和独特的审美。

社会关怀与现实反映

吉夫乌萨的诗歌不仅关注自然与个人情感，还体现了对社会现实的关怀。《沿着开满杜鹃的小路去巡山》和《驻村工作队》这类作品，反映了他对社会责任感的深刻理解和关注。这些作品通过对实际问题的描写和反思，展示了诗人对社会的深刻洞察力和人文关怀。

二、技巧与风格

吉夫乌萨的诗歌风格朴实而富有表现力，他善于通过细节描写和感官体验来传达深刻的情感。以下是几个主要的技巧和风格特点。

细腻的自然描写

诗人擅长用细腻的笔触描绘自然景色。《沿着开满杜鹃的小路去巡山》中，通过杜鹃花和巡山的细节，展示了诗人对自然环境的深刻理解和对生态保护的关注。句子"广播在干风中/宣传着防火的政策"不仅描绘了自然景象，还蕴含了对环境保护的呼吁。

个人情感的真挚表达

在《种下几棵索玛》和《我的小房子》中，诗人通过对个人生活细节的描绘，展现了对生活的真挚情感。例如，《种下几棵索玛》中，诗人希望将索玛种植在自己小屋前，以便在未来的岁月里能够感受到她的美丽和坚韧，这种情感深沉而真实。

浓郁的乡情、生动的画意、丰富的诗情

象征与隐喻的运用

诗人运用丰富的象征与隐喻来表达复杂的情感和哲思。在《月亮与酒杯》中，月亮和酒杯的比较不仅凸显了月亮的孤独，也映射出诗人内心的寂寞与对美好时光的珍惜。通过这种象征手法，诗人将抽象的情感具象化，使之更加生动和易于感受。

三、例子与分析

《春雨滴答》

这首诗用简单的语言描绘了春雨的细腻和生命的律动。"春雨滴答/她笑开了花蕾/她弄湿了诗笺"，这几句通过春雨的声音和动作，传达了春天的到来及其带来的新生和希望。

《大桥水库》

诗人在《大桥水库》中以"你这天空一样的辽阔"为开篇，展现了水库的辽阔与单一。诗人通过自我转化为鱼的愿望，表达了对自然景观的深刻思考和对简单、纯粹生活的渴望。这种转换和反思赋予了景物更多的情感深度。

《问雪》

在《问雪》中，诗人通过向雪发问，表达了对故乡和生活的思考。"你可否看见我思念的亲人"，这种方式将雪拟人化，使其成为诗人思念和情感的寄托。

吉夫乌萨的诗歌不仅展示了他对自然和故乡的深厚感情，也通过细腻的描写和真挚的情感打动读者。他的作品如同一幅幅动人的画卷，描绘了自然的美丽和人生的深刻，让我们在品读诗歌的过程中，也能感受到他内心的丰富和细腻。

《我要去巡山》

主题与意象：诗人描绘了巡山的愿景，从美丽的牧场到神奇的景象，最终希望成为守护者，保护神圣的领域。这首诗融合了自然景观与对保护自然的深切情感，展现了对自然的敬畏与对保护自然的渴望。

风格与手法：诗中使用了丰富的自然意象（如"牛羊清脆的叫声""枯木长出茂盛的生命"），以及超现实的幻想（如"仙境的洞门"）。这些元素共同营造了一种理想化的、神圣的自然景象。

《四月的雨》

主题与意象：这首诗歌颂了春雨的美丽，展现了雨水带来的生命力与诗意。诗人将四月的雨比作灵境中的光，映照出诗人的寂寞与对生命的感动。

风格与手法：诗人采用了比喻和象征的手法（如"像是一道灵境里射出的光""让我种下的诗篇/在萌芽　在生长"），使雨水的美丽和诗人的情感融合在一起，展现了诗人对自然的深刻感悟。

《樱桃》

主题与意象：这首诗简洁明了，描绘了樱桃的成熟与个人的享受。诗人通过对樱桃的细致描绘，传达了一种对简单快乐的珍视。

风格与手法：采用了直接而生动的描写手法（如"圆圆的　红红的　甜甜的"），使读者能够感受到诗人对樱桃的喜爱和对生活中美好瞬间的珍惜。

《死亡的森林》

主题与意象：这首诗描述了一片森林的死亡，暗示了人与自然之间的关系以及对环境破坏的悲哀。诗人通过描述森林的破碎和死亡，表达了对生态破坏的愤怒与哀悼。

风格与手法：诗中使用了强烈的意象（如"它的肌肤四分五裂""它的筋骨支离破碎"），以及对比的手法（如生与死的对立），加深了诗歌的悲剧色彩。

《捧起一把泥土》

主题与意象：诗人通过捧起泥土的动作，表达了对自然的亲密与对生活的积极态度。泥土的气息激发了诗人对播种和希望的渴望。

风格与手法：诗人通过具体的动作描写（如"捧起了一把泥土"）和象征手法（如"去播种吧/只要播种"和"能结紫色果实的幼苗"），传达了对生命的热爱与对未来的希望。

《陋室的春天》

主题与意象：这首诗描绘了一间简陋的房间及其周围的环境，展现了诗人对春天的反思。尽管环境简陋，诗人依然感受到了春天的美丽，并对房间的主人产生了疑问。

风格与手法：诗人采用了对比手法（如房间的简陋与春天的美丽），并通过细致的环境描写（如"山高得让天担忧几分"）来加强对春天的感受和对主人孤独的质疑。

《冕宁，我的家园》

主题与意象：诗人通过描述冕宁的景象和文化，表达了对家乡的深厚情感。诗中提到的景物和人物形象展现了诗人对家乡的热爱与珍惜。

风格与手法：诗人运用了丰富的地方特色（如"舀水的木碗""杀鸡刀"），以及对比和象征（如"玉兔碰落的桂花酒香醉了人间"），展现了家乡的独特魅力与文化。

《洋芋花开了》

主题与意象：这首诗通过洋芋花的开放，唤起了诗人对童年的回忆和对故乡的情感。洋芋花的出现成了联系过去与现在的纽带。

风格与手法：诗人通过洋芋花的描写（如"质朴而纯洁"），结合个人情感（如"久别重逢的老友"），展现了时间的流逝与对故乡的眷恋。

《种下几棵索玛》

这首诗展现了诗人对自然界的深厚情感，将索玛花与个人的生活经历紧密结合。诗人通过种植索玛花的细腻描写，表达了对自然的依恋及对人生的反思。这种将自然景象与个人情感融合的手法，使诗篇更具感染力和真实感。

《南方吹来的风》

这首诗在感官描写上表现出色，风的轻柔与年轻歌者的歌声形成了和谐的对比。诗人通过"南方吹来的风"这一形象，展现了自然与人的微妙关系。风不仅是外在的环境因素，还影响着人的内心和情感。诗中"那闪耀着光芒的歌声"以及"正驱逐着我无边的寂寞"的描写，充分体现了歌声的疗愈力量。整体上，这首诗语言优美、意境深远，给人以宁静的美感。

四、总结

总体而言，吉夫乌萨的诗歌以其细腻的情感、优雅的语言和深刻的社会关怀，展现了他作为诗人的独特魅力。他通过对自然和人文的交织描写，让读者在品味诗歌的过程中，感受到自然的美丽与生活的真实。其作品不仅具有很高的艺术价值，也充满了对社会与人生的深刻思考，是一位值得深读的诗人。

徐英才：著名大学教师、翻译家、诗人，曾在中国复旦大学、加拿大麦克马斯特大学、美国德堡大学授课。他的译著有被当作国礼送往国外的，有被用作大学教材的。他是华人诗学会的创办人与会长，汉英双语纸质诗刊《诗殿堂》的创办人，并担任总编。

后　记

　　大学毕业后携笔从戎，有幸成为一名军人，在绿色军营里服役了十年。转业安置回地方工作，换了三个单位又近十八年。无奈岁月匆匆，时光难留，不知不觉已年过半百。昔日的将军梦如烟而散，今朝的发财梦也迟迟未圆。而挥之不去、常绕耳畔的是故乡对我的声声呼唤，常驻心间的是对大自然的依依向往。于是，在老家阿嘎拉玛山下的安宁湖畔置办了一块土地，想创造一些经济效益，养好老人，育好子女，过好日子。

　　平时，除了公务时间，我常常开车或骑马来到这块土地，点燃袅袅的炊烟。拿起牧鞭，吆喝着牛羊，放牧于青山绿水间，提起农具，在松林边的土地上耕耘，种下一棵棵树苗，播下一粒粒种子，享受劳动带来的疲惫与愉悦。闲下来的时候，触摸着春花秋月，感受着夏风冬雪，常常一个人独守山野，享受宁静和舒适。与故乡的日月星辰、风雨雷电、山川河流相伴，与茂密的森林、歌唱的鸟儿、嘶鸣的骏马相伴，与温柔的山风、清澈的泉水、宁静的夜晚相伴……它们就像母亲的乳汁，让我贪婪地吮吸，让我的灵魂变得安宁。它们也是我取之不尽的诗歌源泉，源源不断地流进我的心灵，让我无法拒绝地抒写。就这样，我情不自禁地走上了简单、自然而又热衷的诗歌创作之路。

　　出版这部诗集，我曾犹豫不决。以前公务繁忙，现在也琐事不断，没有好好静下心来认真研读过几本书，我的诗歌功底尚浅，火候不足，担心贸然出书会招来同行笑话。况且费用也不少，正在高费投入孩子的教育，经济负担不轻。但又想到自己已年过半百，还没取得什么成就，七尺男儿无以告慰含辛茹苦养育自己成人的母亲在天之灵，也没有什么让我的孩子们值得骄傲的。更让我动心的是，在故乡多情的山坡上，所经历的故园情怀和田园生活以诗歌的方式，去与读者分享：故乡有多亲，山水有多美，内心有多静。如若上苍眷顾，多给些岁月，对诗歌情有独钟的我，还可以写好第二部、第三部……经过反反复复地自我研讨，决定出版这部诗集。

这部诗集的出版，得到了很多老师的关心和帮助，我由衷地感恩。中国社科院研究员、作家、诗人普驰达岭教授为我的诗集作序，还经常耐心地通过微信关心和指导我写好诗。美国的翻译家、诗人徐英才教授，在百忙之中为我写诗评。凉山州作协副主席兼秘书长、诗人、评论家沙辉不仅关心和支持我的诗歌创作，还给我的诗集写了评论，《山风》诗刊主编沙玛中华自我俩认识，就通过微信或电话积极地交流，无论在诗歌创作方面，还是在诗集出版方面，对我的帮助都很大。还有我单位的领导和同事，派我到老家驻村工作，让我有了更多的时间来创作诗歌。想感谢的人还有很多，他们是我诗歌道路上的良师益友，我将努力创作更好的作品来回报他们的关爱。